中書集

墜落凡塵的高潔靈魂，
為生命注入一股清新之力

湘 — 著

科學，哲學，等於腦；宗教，藝術，等於心。
文學是一種職業，而同時精神最渙散的又算文人。
「咬得菜根，百事可做。」不怕吃苦，要做轟轟烈烈的英雄。
事物的本身原來是沒有什麼滋味，滋味全在附帶的枝節之上。

生來一股硬氣，不屑同流合汙；
縱使四處碰壁，仍然堅守本心。
這樣孤傲執拗的文學家，注定要永遠孤單地負重前行——

目錄

打彈子

打彈子最好是在晚上。一間明亮的大房子，還沒有進去的時候，已經聽到彈子相碰的清脆聲音。進房之後，看見許多張紫木的長檯平列排著，鮮紅的與粉白的彈子在綠色的呢毯上滑走，整個檯子在雪亮的燈光下照得無微不見，連檯子四圍上邊嵌鑲的菱形螺鈿都清晰的顯出。許多的彈桿筆直的豎在牆上。衣鉤上面有帽子，圍巾，大氅。還有好幾架鐘，每架下面是一個算盤——聽哪，答拉一響，正對著門的那個算盤上面，一下總加了有二十開外的黑珠。計數的夥計一個個站在算盤的旁邊。

也有夥計陪著單身的客人打彈子。這樣的夥計有兩種，一種是陪已經打得很好的熟客打，一種是陪才學的生客打。陪熟客打的，一面低了頭運用桿子，一面向客人嘻笑的說：「你瞅吧！這桿兒再趕不上你，這碗兒飯就不吃啦！」陪生客打的，看見客人比了大半天，桿子總抽上了有十來趟，歸根還是打在第一個彈子的正面就不動了，他看著時候，說不定心裡滿覺得這位客人有趣，但是臉上絕不露出一絲笑容，只隨便的帶說一句，「你這球要低桿兒打紅奔白就得啦。」

打彈子的人有穿灰色愛國布罩袍的學生，有穿藏青花呢西服的教員，有穿禮服呢馬褂淡青嗶嘰面子羊皮袍的衙門裡人。另有一個，身上是淺色花緞的皮袍，左邊的袖子摟了起來，露出細澤的灰鼠裡子，並且左手的手指上還有一隻耀目的金戒指。這想必是富商的兒子罷這些人裡面，有的面呈微笑，正打眼著「眼鏡」。有的把桿子放去背後，做出一個優美的姿勢來送它。有的這桿已經有了，右掌裡握著的桿子從左手手面上順溜的滑過去，打的人的身子也跟著靈動的扭過，再準備打下一桿。

「您來啦！您來啦！」夥計們在我同子離掀開青布綿花簾子的時候站起身，來把我們的帽子接了過去。「喝茶？龍井，香片？」

彈子擺好了，外面一對白的，裡面一對紅的。我們用粉塊擦了一擦桿子的頭，開始遊戲了。

這些紅的、白的彈子在綠呢上無聲的滑走，很像一間寬敞的廳裡綠氈毹上面舞蹈著的輕盈的美女。她披著鵝毛一樣白的衣裳，衣裳上面繡的是金線的牡丹，柔軟的細腰上繫著一條滿綴寶石的紅帶，頭髮紮成一束披在背後，手中握著一對孔雀毛，腳上穿的是一雙紅色的軟鞋。腳尖矯捷的在綠氈毹上輕點著，一刻來了廳的這方，一刻去了廳的那方，一點響聲也聽不出，只偶爾有衣裳的，環珮的叮噹，好像是替她的舞蹈按著拍子一樣。

這些白的、紅的彈子在綠呢上活潑的馳行，很像一片草地上有許多盛服的王孫公子圍著觀看的一雙鬥雞。牠們頭頂上戴的是血一般紅的冠。牠們彎下身子，拱起頸，頸上的一圈毛都竦了起來，尾巴的翎毛也一片片的張開。牠們一刻退到後頭，把身體蜷伏起來，一刻又奔上前去，把兩扇翅膀張開，向敵人撲啄。四圍的人看得呆了，只在得勝的雞驕揚地叫出的時候，他們才如夢初醒，也跟著同聲的歡呼起來。

彈子在檯上盤繞，像一群紅眼珠的白鴿在蔚藍的天空上面飄揚。彈子在檯上旋轉，像一對紅眼珠的白鼠在方籠的架子上面翻身。彈子在檯上溜行，像一隻紅眼珠的白兔在碧綠的草原上面飛跑。

還記得是三年前第一次跟了三哥學打彈子，也是在這一家。現在我又來這裡打彈子了，三哥卻早已離京他往。在這種亂的時世，兄弟們又要各自尋路謀生，離合是最難預說的了；知道還要多少年，才能兄弟聚首，再品一盤彈子呢？

正這樣想著的時候，看見一對夫婦，同兩個二十左右的女子，帶著三個小孩子，一個老媽子，進來了球房：原來是夫妻倆來打彈子的。他們開盤以後，小孩子們一直站在檯子旁邊看熱鬧，並且指東問西，嘴說手畫，興頭之大，真不下似當局的人。問的沒有得到結果的時候，還要牽住母親的裙子或者抓住她的彈桿嘮叨的盡纏：被父親呵了幾句，才暫時靜下一刻，但是不到多久，又哄起來了。

事情湊巧：有一次輪到父親打，他的白球在他自己面前，別的三個都一齊靠在小孩子們站的這面的邊上，並且聚攏在一起，正好讓他打五分的；那曉得這三個孩子看見這些彈子顏色鮮明得可愛，並且圓溜溜的好玩，都伸出雙手踮起腳尖來搶著抓彈子；有一個孩子手掌太小，一時抓不起彈子來，他正在抓著的時候，父親的彈子已經打過來了，手指上面打中一下，痛得呱呱的大哭起來。老媽子看到，趕緊跑過來把他抱去了茶几旁邊，拿許多糖果哄他止哭。那兩個孩子看見父親的神氣不對，連忙雙手把彈子放回原處，也悄悄地偷回去茶几旁邊坐下了。母親連忙說，「一個孩子已經夠嚷的啦。咱們打球吧。」父親氣也不好，不氣也不好，狠狠的盯了那兩個孩子一眼，盯得他們在椅子上面直扭，他又開始打他的彈子了。

在這個當兒，子離正向我談著「彈子經」。他說：「打得妙的時候，一桿子可以打上整千；」他看見我的嘴張了一張，連忙接著說下：「他們工夫到家的妙在能把四個球都趕上一個檯角裡邊去，而後輕輕的慢慢的盡碰。」我說：「這未免太不『武』了！大來大往，運用一些奇兵，才是我們的本色！」子離笑了一笑，不曉得他到底是贊成我的議論呀還是不贊成。其實，我自己遇到了這種機會的時候，也不肯輕易放過，所惜本領不高，只能連個幾桿罷了。

我們一面自己打著彈子，一面看那對夫婦打。大概是他們極其客氣。兩人都不願占先的緣故，所以結果是算盤上的黑珠有百分之八十都還在右頭。我向四圍望了一眼，打彈子的都是男人，女子打的只這一個，並且據我過去的一點經驗而言，女子上球房我這還是第一次看見。我想了一想，不覺心裡奇怪起來：「女子打彈子，這是多麼美的一件事！氈毹的平滑比得上她們膚容的潤澤，彈桿的頎長比得上她們身段的苗條；彈子的紅像她們的唇，彈子的白像她們的臉；她們的眼珠有彈丸的流動，她們的耳珠有彈丸的勻圓。網球在女界通行了，連籃球都在女界通行了，為什麼打彈子這最美的、最適於女子玩耍的，最能展露出她們身材的曲線美的一種遊戲反而被她們忽視了呢？」那曉得我這樣替彈子遊戲抱著不平的時候，反把自己的事情耽誤了，原來我這樣心一分，打得越壞，一刻工夫已經被子離趕上去半趟，總共是多我一趟了。

現在已經打了很久了，歇下來看別人打的時候，自家的腦子裡面都是充滿著角度的縱橫的線。我坐在茶几旁邊，把我的眼睛所能見到的東西都拿來心裡面比量，看要用一個什麼角度才能打著。在這些腹陣當中，子離口噙的煙斗都沒有逃去厄難。有一次我端起茶杯來的時候曾經這樣算過：「這茶杯作為我的球，高桿，薄球，一定可以碰茶壺，打到那個人頭上的小瓜皮帽子。不然，厚一點，就打對面牆上那架鐘。」

鐘上的計時針引起了我的注意，現在時間已經不早了。我向子離說，「這個半點打完，我們走吧。」

「三點！一塊找！要輔幣！手巾！……謝謝您！您走啦！您走啦！」

臨走出球房的時候，聽到那一對夫妻裡面的妻子說，「有啦！打白碰到紅啦！」丈夫提出了異議。但是旁觀的兩個女郎都幫她，「嫂嫂有啦！哥哥別賴！」

北海紀遊

九日下午，去北海，想在那裡作完我的〈洛神〉，呈給一位不認識的女郎；路上遇到劉兄夢葦，我就變更計畫，邀他一同去逛一天北海。那裡面有一條槐樹的路，長約四里，路旁是兩行高而且大的槐樹，倚傍著小山，山外便是海水了；每當夕陽西下清風徐來的時候，到這槐蔭之路上來散步，仰望是一片涼潤的青碧，旁觀是一片渺茫的波浪，波上有黃白各色的小艇往來其間，襯著水邊的蘆荻，路上的小紅橋，枝葉之間偶爾瞧得見白塔高聳在遠方，與它的赭色的塔門，黃金的塔尖，這條槐路的景緻也可說是兼有清幽與富麗之美了。我本來是想去那條路上閒行的，但是到的時候天氣還早，我們就轉入濠濮園的後堂暫息。

這間後堂傍著一個小池，上有一座白石橋，池的兩旁是小山，山上長著柏樹，兩山之間豎著一座石門，池中游魚往來，間或有金魚浮上。我們坐定之後，談了些閒話，談到我們這一班人所作的詩行由規律的字數組成的新詩之上去。夢葦告訴我，有許多人對於我們的這種舉動大不以為然，但同時有兩種人，一種是向來對新詩取厭惡態度的人，一種是新詩作了許久與我們悟出同樣的道理的人，他們看見我們的這種新詩以後，起了深度的同情。後來又談到一班作新詩的人當初本是轟轟烈烈，但是出了一個或兩個集子之後，便銷聲匿跡，不僅沒有集子陸續出來，並且連一首好詩都看不見了。夢葦對於這種現象的解釋很激烈，他說這完全是因為一班人拿詩作進身之階，等到名氣成了，地位有了，詩也就跟著扔開了。他的話雖激烈，卻也有部分的真理，不過我覺著主要的緣因另有兩個：淺嘗的傾向，抒情的偏重。我所說的淺嘗者，便是那班本來不打算終身致力於詩，不過因了一時的風氣而捂些工夫來此嘗試一下的人。他們當中雖然不能說是竟無一人有詩的稟賦、涵養、見解、毅力，但是即使有的時候，也不深。等到這一點子熱心與能耐用完之後，他們也就從此銷聲匿跡了。詩，與旁的學問旁的藝術一般，是一種終身的事業，並非靠了淺嘗可以興盛得起來的。最可恨的便是這些淺嘗者之中有人居然連一點自知之明都沒有，他們居然堅執著他們的荒謬主張，溺愛著他們的淺陋作品，對於真正的方在萌芽的新詩加以熱罵與冷嘲，並且掛起他們的新詩老前輩的招牌來矇蔽大眾：這是新詩發達上的一個大阻梗。還有一個阻梗便是胡適的一種淺薄可笑的主張，他說，現代的詩應當偏重抒情的一方面，庶幾可以適應忙碌的現代人的需要。殊不知詩之長短與其需時之多寡當中毫無比例可言。李白的〈敬亭獨坐〉雖然只有寥寥的二十個字，但是要領略出它的好處，所需的時間之多，只有過於〈木蘭辭〉而無不及。進一層，我們可以說，像〈敬亭獨坐〉這一類的抒情詩，忙碌的現代人簡直看不懂。再進一層說，忙碌的現代人乾脆就不需要詩，小說他們都嫌沒有功夫與精神去看，更何況詩？電影，我說，最不藝術的電影是最為現代人所需要的了。所以，我們如想迎合現代人的心理，就不必作詩；想作詩，就不必顧及現代人的嗜好。詩的種類很多，抒情不過是一種，此外如敘事詩、史詩、詩劇、諷刺詩、寫景詩等等那一種不是充滿了豐富的希望，值得致力於詩的人去努力？上述的兩種現象，抒情的偏重，使詩不能做多方面的發展，淺嘗的傾向，使詩不能作到深宏與豐富的田地，便是新詩之所以不興旺的兩個主因。

我們談完之後，時候已經不早了；我們便起身，轉上槐路，繞海水的北岸，經過用黃色與淡青的琉璃瓦造成的琉璃牌樓，在路上談了一些話，便租定一隻小划船。這時候西北方已經起了烏雲，並且時時有涼風吹過白色的水面，頗有雨意，但是我們下了船。我們看見一個女郎獨划著一隻綠色的船，她身上穿著白色的衣裙，手上戴著白色的手套，草帽是淡黃色的，她的身軀節奏的與雙槳交互的低昂著，在船身轉彎的時候，那種一手順划一手逆划兩臂錯綜而動的姿勢更將女身的曲線美表現出來；我們看著，一邊豔羨，一邊自家划船的勇氣也不覺的陡增十倍。本來我的右手是因為前幾天划船過猛擦破了幾塊皮到如今剛合了創口的，到此也就忘記掉了。我們先從松坡圖書館向漪瀾堂划了一個直過，接著便向金鰲玉蝀橋放船過去；半路之上，果然有雨點稀疏地灑下來了。雨點落在水面之上，激起一個小渦，渦的外緣凸起，向中心凹下去，但是到了中心的時候，又突然的高起來，形成一個白的圓錐，上聯著雨絲。這不過是剎那中的事。雨渦接著迅捷的向四周展開去，波紋越遠越淡，以至於無。我此時不覺的聯想起濟慈的四行詩來：

Ever let the fancy roam,
Pleasure never is at home:
At a touch sweet pleasure melteth,
Like to bubbles when rain pelteth.

雨大了起來。雨點含著光有如水銀粒似的密密落下。雨陣有如一排排的戈矛，在空中熠耀；匆促的雨點敲水聲便是啣枚疾走時腳步的聲息。這一片颯颯之中，還聽到一種較高的聲響，那就是雨落在新出水的荷葉上面時候發出來的。我們掉轉船頭，一面愉快地划著，一面避到水心的席棚下休息。

棹歌

水心

仰身呀槳落水中，
對長空；
俯首呀雙槳如翼，
鳥憑風。
頭上是天，
水在兩邊，
更無障礙當前；
白雲駛空，
魚游水中，
快樂呀與此正同。

岸側

仰身呀槳在水中，
對長空；
俯首呀雙槳如翼，
鳥憑風。
樹有濃蔭，
葭葦青青，
野花長滿水濱；
鳥啼葉中，
鷗投葦叢，
蜻蜓呀頭綠身紅。

風朝

仰身呀槳落水中，

對長空；
俯首呀雙槳如翼，
鳥憑風。
白浪撲來，
水霧拂腮，
天邊布滿雲霾；
船晃得凶，
快往前衝，
小心呀翻進波中。

雨天

仰身呀槳落水中，
對長空；
俯首呀雙槳如翼，

鳥憑風。
雨絲像簾，
水渦像錢，
一片繚亂輕煙；
雨勢偶松，
暫展朦朧，
瞧見呀青的遠峰。

春波

仰身呀槳落水中，
對長空；
俯首呀雙槳如翼，
鳥憑風。
鳥兒高歌，

燕兒掠波，
魚兒來往如梭；
白的雲峰，
青的天空，
黃金呀日色融融。

夏荷

仰身呀槳落水中，
對長空；
俯首呀雙槳如翼，
鳥憑風。
荷花清香，
繚繞船旁，
輕風飄起衣裳；

菱藻重重，
長在水中，
雙槳呀欲舉無從。

秋月

仰身呀槳落水中，
對長空；
俯首呀雙槳如翼，
鳥憑風。
月在上飄，
船在下搖，
何人遠處吹簫？
蘆荻叢中，
吹過秋風，

水蚓呀應著寒蛩。

冬雪

仰身呀槳落水中，
對長空；
俯首呀雙槳如翼，
鳥憑風。
雪花輕飛，
飛滿山隈，
飛向樹枝上垂；
到了水中，
它卻消溶，
綠波呀載過漁翁。

雨勢稍停，我們又划了出來。划了一程之後，忽然間颳起了勁風來；風在海面上吹起一陣陣的水霧，迷人眼睛，朦朧裡只見黑浪一個個向我們滾來。浪的上緣俯向前方，浪的下部凹入，真像一群張口的海獸要跑來吞我們似的，水在船旁舐吮作響，船身的顛搖十分厲害：這刻的心境介於悅樂與驚恐之間，一心一目之中只記著，向前划！向前划！雖然兩臂麻木了，右手上已合的創口又裂了，還是記著，向前划！

上岸之後，雖然休息了許久，身體與手臂尚自在那裡擺動。還記得許多年前，頭一次鳧水，出水之後，身子輕飄飄的，好像鳥兒在空中飛翔一般；不料那時所感到的快樂又復現於今天了。

吃完點心之後，（今天的點心真鮮！）我們離開漪瀾堂，又向對岸渡過去，這次坐的是敞篷船。此刻雨陣過了，只有很疏的雨點偶爾飄來。展目遠觀，見魚肚白的夕空渲染著濃灰色以及淡灰色的未盡的雨雲，深淺下一，下面是暗青的海水，水畔低昂著嫩綠色的蘆葦，時有玄脊白腹的水鳥在一片綠色之中飛過。加上天水之間遠山上的翠柏之色，密葉中的幾點燈光，還有布穀高高的隱在雨雲之中發出清脆的啼聲，真令人想起了江南的煙雨之景。

上岸後，雨又重新下起來。但是我們兩人的興卻發作了：夢葦嚷著要征服自然；我嚷著要上天王殿的樓上去聽雨。我們走到殿的前頭，瞧見琉璃牌樓的三座孤門之上一毫未溼，便先在這裡停歇下來。這時候天已經黑了，我們從槐樹的葉中可以看得見天空已經轉成了與海水一樣深青的顏色，遠處的瓊島亮著一片燈光，燈光倒映在水中，晃動閃爍，有波紋把它分隔成許多層。雨點打在遠近無數的樹上，有時急，有時緩；急時，像獨坐在佛殿中，峥嶸的殿柱與莊嚴的佛像只在隱約的琉璃燈光與爐香的光點內可以瞧見；沉默充滿了寺內殿堂，寂靜瀰漫了寺外的山嶺；忽然之間，一陣風來，吹得檐角與塔尖的鐵馬銅鈴個斷的響，山中的老松怪柏謖謖的呼吼，雜著從遠峰飄來的瀑布的聲響，真是戰馬奔騰，怒潮澎湃。緩時，像在一座墓園之內，黃昏的時候，鳥兒在樹枝上棲息定了，鄉人已經離開了田野與牧場回到家中安歇，墳墓中的幽靈一齊無聲的偷了出來，伴著空中的蝙蝠作迴旋的啞舞；他們的腳步落得真輕，一點聲息不聞，只有螢蟲燃著的小青燈照見他們憧憧的影子在暗中來往；他們舞得愈出神，在旁觀看的人也愈屏息無聲：最後，白楊蕭蕭的嘆起氣來，惋惜舞蹈之易終以及墓中人的逐漸零落投陽去了；一群面龐黃瘺的小草也跟著點頭，颯颯的微語，說是這些話不錯。

雨聲之中，我們轉身瞧天王殿，只見黑魆魆的一點燈火俱無，我們登樓聽雨的計畫於是不得不中止了。我們又閒談起來。我們評論時人，預想未來，歸根又是談到文學上去。說到文學與藝術之關係的時候，我講：插圖極能增進讀者對於文學書籍的興趣，我們中國舊文學書中的插圖工細別緻，《紅樓夢》一書更得到畫家不斷地為它裝畫。在西方這一方面的人材真是多不勝數，只拿英國來講，如從前的克魯可賢（Cruikshank），現代的畢茲雷（Beardsley），又如自己替自己的小說作插圖的薩克雷（Thackeray），都是膾炙人口的，還有文學與音樂的關係，中國古代與在西方都是很密切的，好的抒情詩差不多都已譜入了音樂，成了人民生活的一部分；新詩則尚未得到音樂上的人材來在這方面致力。

我們談著，時刻已經不早了。雨算是過去了，但枝葉間雨滴依然紛亂的灑下，好像雨並沒有停住一般。偶爾有一輛人力車拖過，想必是遲歸的遊客乘著園內預備的車；還偶爾有人撐著紙傘拖著釘鞋低頭走過，這想必是園中的夫役。我們起身走上路時，只見兩行樹的黑影圍在路的左右，走到許遠，才看見一盞被雨霧朦了罩的路燈。大半時候還是憑著路中雨水窪的微光前進。

我們一面走著，一面還談。我說出了我所以作新詩的理由，不為這個，不為那個，只為它是一種嶄新的工具，有充分發展的可能；它是一方未墾的膏壤，有豐美收成的希望。詩的本質是一成不變萬古長新的；它便是人性。詩的形體則是一代有一代的：一種形體的長處發展完了，便應當另外創造一種形體來代替；一種形體的時代之長短完全由這種形體的含性之大小而定。詩的本質是向內發展的；詩的形體是向外發展的。《詩經》，《楚辭》，何默爾的史詩，這些都是幾千年上的文學產品，但是我們這班後生幾千年的人讀起它們來仍然受很深的感動；這便是因為它們能把永恆的人性捉到一相或多相，於是它們就跟著人性一同不朽了。至於詩的形體則我們常看見它們在那裡新陳代謝。拿中國的詩來講，賦體在楚漢發展到了極點，便有「詩」體代之而興。「詩」體的含性最大，它的時代也最長；自漢代上溯戰國下達唐代，都是它的時代。在這長的時代當中，四言盛於戰國，五古盛於漢魏六朝唐代，七古盛於唐宋，樂府盛的時代與五古相同，律絕盛於唐。到了五代兩宋，便有詞體代「詩」體而興，到了元明與清，詞體又一衍而成曲體。再拿英國的詩來講，無韻體（blank verse）與十四行詩（sonnet）盛於伊麗沙白時代，樂府體（ballad measure）盛於個十七世紀中葉，駢韻體（rhymed couplet）盛於多萊登（Dryden）蒲卜（Pope）兩人的手中。我們的新詩不過說是一種代曲體而興的詩體，將來它的內含一齊發展出來了的時候，自然會另有一種別的更新的詩體來代替它。但是如今正是新詩的時代。我們應當盡力來搜求，發展它的長處。就文學史上看來，差不多每種詩體的最盛時期都是這種詩體運用的初期；所以現在工具是有了，看我們會不會運用它。我們要是爭氣，那我們便有身預或目擊盛況的福氣；要是不爭氣，那新詩的興盛只好再等五十年甚至一百年了。現在的新詩，在抒情方面，近兩年來已經略具雛形；但敘事詩與詩劇則仍在胚胎之中。據我的推測，敘事詩將在未來的新詩上占最重要的位置。因為敘事體的彈性極大，〈孔雀東南飛〉與何默爾的兩部史詩（敘事詩之一種）便是強有力的證據。所以我推想新詩將以敘事體來作人性的綜合描寫。

兩行高大的樹影矗立在兩旁，我們已經走到槐路上了。雨滴稀疏的淅瀝著。右望海水，一片昏黑，只有燈光的倒影與海那邊的幾點燈光閃亮。倒是為了這個緣故，我們的面前更覺得空曠了。

我們走到了團城下的石橋，走上橋時，兩人的腳步不期然而然的同時停下。橋左的一泓水中長滿了荷葉：有初出水的，貼水浮著；有已出水的，荷梗承著葉盤，或高或矮，或正或欹；葉面是青色，葉底則淡青中帶黃。在黯淡的燈光之下，一切的水禽皆已棲息了，只有魚兒唼喋的聲音，躍波的聲音，雜著曼長的水蚓的輕嘶，可以聽到。夜風吹過我們的耳邊，低語道：一切皆已休息了，連月姊都在雲中閉了眼安眠，不上天空之內走她孤寂的路程；你們也聽著魚蚓的催眠歌，入夢去罷。

咬菜根

「咬得菜根，百事可做。」這句成語，便是我們祖先留傳下來，教我們不要怕吃苦的意思。

還記得少年的時候，立志要做一個轟轟烈烈的英雄，當時不知在那本書內發見了這句格言，於是拿起案頭的筆，將它恭楷抄出，黏在書桌右方的牆上，並且在胸中下了十二分的決心，在中飯時候，一定要犧牲別樣的菜不吃，而專咬菜根。上桌之後，果然戰退了肉絲焦炒香干的誘惑，致全力於青菜湯的碗裡搜求菜根。找到之後，一面著力的咬，一面又在心中決定，將來做了英雄的時候，一定要叫老唐媽特別為我一人炒一大盤肉絲香干擺上得勝之筵。

蘿蔔當然也是一種菜根。有一個新鮮的早晨，在賣菜的吆喝聲中，起身披衣出房，看見桌上放著一碗雪白的熱氣騰騰的粥，粥碗前是一盤醃菜，有長條的青黃色的豇豆，有燈籠形的通紅的辣椒，還有蘿蔔，米白色而圓滑，有如一些煮熟了的雞蛋。這與范文正的淡黃虀差得多遠！我相信那個說咬得菜根百事可做的老祖宗，要是看見了這樣的一頓早飯，決定會搖他那白髮之頭的。

還有一種菜根，白薯。但是白薯並不難咬，我看我們的那班能吃苦的祖先，如果由奈河橋或是望鄉臺在過年過節的時候回家，我們絕不可供些什麼煮得木頭般硬的雞或是渾身有刺的魚。因為他們老人家的牙齒都掉完了，一定領略不了我們這班後人的孝心；我們不如供上一盤最容易咬的食品：煮白薯。

如果咬菜根能算得艱苦卓絕，那我簡直可以算得艱苦卓絕中最艱苦卓絕的人了。因為我不單能咬白薯，並且能咬這白薯的皮。給我一個剛出灶的烤白薯，我是百事可做的；甚至教我將那金子一般黃的肉統統讓給你，我都做得到。唯獨有一件事，我卻不肯做，那就是把烤白薯的皮也讓給你；它是全個烤白薯的精華，又香又脆，正如那張紅皮，是全個紅燒肘子的精華一樣。

山藥、慈姑，也是菜根。但是你如果拿它們來給我咬，我並不拒絕。

我並非一個主張素食的人，但是卻不反對咬菜根。據西方的植物學者的調查，中國人吃的菜蔬有六百種，比他們多六倍。我寧可這六百種的菜根，種種都咬到，都不肯咬一咬那名揚四海的豬尾或是那搖來乞憐的狗尾，或是那長了瘡膿血也不多的耗子尾巴。

夢葦的死

我踏進病室，抬頭觀看的時候，不覺吃了一驚，在那瀰漫著藥水氣味的空氣中間，枕上伏著一個頭。頭髮亂蓬蓬的，唇邊已經長了很深的髫鬚，兩腮都瘦下去了，只剩著一個很尖的下巴；黧黑的臉上，一雙眼睛特別顯得大。怎麼半月不見，就變到了這種田地？夢葦是一個翩翩年少的詩人，他的相貌與他的詩歌一樣，純是一片秀氣；怎麼這病榻上的就是他嗎？

他用呆滯的目光，注視了一些時，向我點頭之後，我的驚疑始定。我在榻旁坐下，問他的病況。他說，已經有三天不曾進食了。這病房又是醫院裡最便宜的房間，吵鬧不過。亂得他夜間都睡不著。我們另外又閒談了些別的話。

說話之間，他指著旁邊的一張空床道，就是昨天在那張床上，死去了一個福州人，是在衙門裡當一個小差事的。昨天臨危，醫院裡把他家屬叫來了，只有一個妻子，一個小女孩子。孩子很可愛的，母親也不過三十歲。病人斷氣之後，母親哭得九死一生，她對牆上撞了過去，想尋短見，幸虧被人救了。就是這樣，人家把他從那張床上抬了出去。醫院裡的人，照舊工作；病房同住的人，照常說笑，他的一生，便這樣淡淡的結束了。

我聽完了他的這一段半對我說、半對自己說的話之後，抬起頭來，看見窗外的一棵洋槐樹。嫩綠的槐葉，有一半露在陽光之下，照得同透明一般。偶爾有無聲的輕風偷進枝間，槐葉便跟著搖曳起來。病房裡有些人正在吃飯，房外甬道中有皮鞋聲音響過地板上。鄰近的街巷中，時有汽車的按號聲。是的，淡淡的結束了。誰說這辦事員，說不定是書記，他的一生不是淡淡的結束，平凡的終止呢。那年輕的妻子，幼稚的女兒，知道她們未來的命運是個什麼樣子！我們這最高的文化，自有汽車、大禮帽、槍炮的以及一切別的大事業等著它去製造，那有閒工夫來過問這種平凡的瑣事呢！

混人的命運，比起一班平凡的人來，自然強些。肥皂泡般的虛名，說起來總比沒有好。但是要問現在有幾個人知道劉夢葦，再等個五十年，或者一百年，在每個家庭之中，夏天在星光螢火之下，涼風微拂的夜來香花氣中，或者會有一群孩童，腳踏著拍子唱：

室內盆栽的薔薇，
窗外飛舞的蝴蝶，
我倆的愛隔著玻璃，
能相望卻不能相接。

冬天在熊熊的爐火旁，充滿了顫動的陰影的小屋中，北風敲打著門戶，破窗紙力竭聲嘶的時候，或者會有一個年老的女伶低低讀著：

我的心似一隻孤鴻，
歌唱在沉寂的人間。
心喲，放情的歌唱罷，
不妨壯，也不妨纏綿，
歌唱那死之傷，
歌唱那生之戀。

咳，薄命的詩人！你對生有何可戀呢？它不曾給你名，它不曾給你愛，它不曾給你任何什麼！

你或者能相信將來，或者能相信你的詩終究有被社會正式承認的一日，那樣你臨終時的痛苦與失望，或者可以借此減輕一點！但是，誰敢這樣說呢？誰敢說這許多年拂逆的命運，不曾將你的信心一齊壓迫淨盡了呢？臨終時的失望，永恆的失望，可怕的永恆的失望，我不敢再往下想了。

我還記得：當時你那細得如線的聲音，只剩皮包著的真正像柴的骨架。臨終的前一天，我第三次去看你，那時我已從看護婦處，聽到你下了一次血塊，是無救的了。我帶了我的祭子惠的詩去給你瞧，想讓你看過之後，能把久鬱的情感，借此發泄一下，並且在精神上能得到一種慰安，在臨終之時。能夠恍然大悟出我所以給你看這篇詩的意思，是我替子惠做過的事，我也要替你做的。我還記得，你當時自半意識狀態轉到全意識狀態時的興奮，以及詩稿在你手中微抖的聲息，以及你的淚。我怕你太傷心了不好，想溫和的從你手中將詩取回，但是你孩子霸食般的說：「不，不，我要！」我抬頭一望，牆上正懸著一個鏡框，框上有一十字架，框中是畫著耶穌被釘的故事，我不覺的也熱淚奪眶而出，與你一同傷心。

一個人獨病在醫院之內，只有看護人照例的料理一切，沒有一個親人在旁。在這最需要情感的安慰的時候，給予你以精神的藥草，用一重溫和柔軟的銀色之霧，在你眼前遮起，使你朦朧的看不見漸漸走近的死神的可怖手爪，只是呆呆地躺著，讓憧憧的魔影自由的繼續的來往於你豐富的幻想之中，或是面對面的望著一個無底深坑裡面有許多不敢見陽光的醜物蠕動著，惡臭時時向你撲來，你卻被縛在那裡，一毫也動不得，並且有肉體的苦痛，時時抽過四肢，逼榨出短促的呻吟，抽攣起臉部的筋肉：這便是社會對你這詩人的酬報。

記得頭一次與你相會，是在南京的清涼山上杏院之內。半年後，我去上海。又一年，我來北京，不料復見你於此地。我們的神交便開始於這時。就是那冬天，你的吐血，舊病復發，厲害得很。幸虧有丘君元武無日無夜的看護你，病漸漸的退了。你病中曾經有信給我，說你看看就要不濟事了，這世界是我們健全者的世界，你不能再在這裡多留戀了。夏天我從你那處聽到子惠去世的消息，那知不到幾天你自己也病了下來。你的害病，我們真是看得慣了。夏天又是最易感冒之時，並且冬天的大病，你都平安的度了過來，所以我當時並不在意。誰知道天下竟有巧到這樣的事？子惠去世還不過一月，你也跟著不在了呢！

你死後我才從你的老相好處，聽到說你過去的生活，你過去的浪漫的生活。你的安葬，也是他們當中的兩個：龔君業光與周君容料理的。一個可以說是無家的孩子，如無根之蓬般的漂流，有時陪著生意人在深山野谷中行旅，可以整天的不見人煙，只有青的山色、綠的樹色籠繞在四周，馱貨的驢子項間有銅鈴節奏的響著。遠方時時有山泉或河流的琤琮隨風送來，各色的山鳥有些叫得舒緩而悠遠，有些叫得高亢而圓潤，自煙霧的早晨經過流汗的正午，到柔軟的黃昏，一直在你的耳邊和鳴著。也有時你隨船戶從急流中淌下船來。兩岸是高峻的山岩，傾斜得如同就要倒塌下來一般。山徑上偶爾有樵夫背著柴擔夷然的唱著山歌，走過河裡，是急迫的槳聲，應和著波浪舐船舷與石岸的聲響。你在船艙裡跟著船身左右的顛簸，那時你不過十來歲，已經單身上路，押領著一船的貨物在大魚般的船上，烏翼般的篷下，過這種漂泊的生活了。臨終的時候，在漸退漸遠的意識中，你的靈魂總該是脫離了醜惡的城市，險詐的社會，飄飄地化入了山野的芬芳空氣中，或是挾著水霧吹過的河風之內了罷？

在那時候，你的眼前，一定也閃過你長沙城內學校生活的幻影，那時的與黃金的夕雲一般燦爛縹緲的青春之夢，那時的與自祖母的磁罐內偷出的糕餅一般鮮美的少年之快樂，那時的與夏天綠樹枝頭的雨陣一般的來得驟去得快，只是在枝葉上添加了一重鮮色，在空氣中勾起了一片清味的少年之悲哀，還有那沸騰的熱血、激烈的言辭、危險的受戒、炸彈的摩挲，也都隨了回憶在忽明的眼珠中，驟然的面龐上，與漸退的血潮，慢慢的淹沒入迷瞀之海了。

我不知道你在臨終的時候，可反悔作詩不？你幽靈般自長沙飄來北京，又去上海，又去寧波，又去南京，又來北京；來無聲息，去無聲息，孤鴻般的在寥廓的天空內，任了北風擺布，只是對著在你身邊漂過的白雲哀啼數聲，或是白荷般的自汙濁的人間逃出，躲入詩歌的池沼，一聲不響的低頭自顧幽影，或是仰望高天，對著月亮，悄然落晶瑩的眼淚，看天河邊墜下了一顆流星，你的靈魂已經滑入了那乳白色的樂土與李賀、濟慈同住了。

巢父掉頭不肯住，
東將入海隨煙霧。
詩卷長留天地間，
釣竿欲拂珊瑚樹。

你的詩卷有歌與我倆的中間的詩卷，無疑的要長留在天地間，她像一個帶病的女郎，無論她會瘦到那一種地步，她那天生的娟秀，總在那裡，你在新詩的音節上，有不可埋沒的功績。現在你是已經吹著笙飛上了天，只剩著也許玄思的詩人與我兩個在地上了，我們能不更加自奮嗎？

書

拿起一本書來，先不必研究它的內容，只是它的外形，就已經很夠我們的賞鑑了。

那眼睛看來最舒服的黃色毛邊紙，單是紙色已經在我們的心目中引起一種幻覺，令我們以為這書是一個逃免了時間之摧殘的遺民。它所以能倖免而來與我們相見的這段歷史的本身，就已經是一本書，值得我們的思索、感嘆，更不須提起它的內含的真或美了。

還有那一個個正方的形狀，美麗的單字，每個字的構成，都是一首詩；每個字的沿革，都是一部歷史。飆是三條狗的風：在秋高草枯的曠野上，天上是一片青，地上是一片赭，中疾的獵犬風一般快的馳過，嗅著受傷之獸在草中滴下的血腥，順了方向追去，聽到枯草颯索的響，有如秋風捲過去一般。昏是婚的古字：在太陽下了山，對面不見人的時候，有一群人騎著馬，擎著紅光閃閃的火把，悄悄向一個人家走近。等著到了竹籬柴門之旁的時候，在狗吠聲中，趁著門還未閉，一聲喊齊擁而入，讓新郎從打麥場上挾起驚呼的新娘打馬而回。同來的人則抵擋著新娘的父兄，做個不打不成交的親家。

印書的字體有許多種：宋體挺秀有如柳字，麻沙體夭矯有如歐字，書法體娟秀有如褚字，楷體端方有如顏字。楷體是最常見的了。這裡面又分出許多不同的種類來：一種是通行的正方體；還有一種是窄長的楷體，稜角最顯；一種是扁短的楷體，渾厚頗有古風。還有寫的書：或全體楷體，或半楷體，它們不單看來有一種密切的感覺，並且有時有古代的寫本，很足以考證今本的印誤，以及文字的假借。

如果在你面前的是一本舊書，則開章第一篇你便將看見許多朱色的印章，有的是雅號，有的是姓名。在這些姓名別號之中，你說不定可以發現古代的收藏家或是名傾一世的文人，那時候你便可以讓幻想馳騁於這朱紅的方場之中，構成許多縹緲的空中樓閣來。還有那些朱圈，有的圈得豪放，有的圈得森嚴，你可以就它們的姿態，以及它們的位置，懸想出讀這本書的人是一個少年，還是老人；是一個放蕩不羈的才子，還是老成持重的儒者。你也能借此揣摩出這主角的命運：他的書何以流散到了人間？是子孫不肖，將它捨棄了？是遭兵逃反，被一班庸奴偷竊出了他的藏書樓？還是運氣不好，家道中衰，自己將它售賣了，來填償債務，或是支持家庭？書的舊主人是這樣。我呢？我這書的今主人呢？他當時對春雕花的端硯，拿起新發的硃筆，在清淡的爐香氣息中，圈點這本他心愛的書，那時候，他是絕想不到這本書的未來命運，他自己的未來命運，是個怎樣結局的；正如這現在讀著這本書的我，不能知道我未來的命運將要如何一般。

更進一層，讓我們來想像那作書人的命運：他的悲哀，他的失望，無一不自然的流露在這本書的字裡行間。讓我們讀的時候，時而跟著他啼，時而為他扼腕太息。要是，不幸上再加上不幸，遇到秦始皇或是董卓，將他一生心血嘔成的文章，一把火燒為烏有；或是像《金瓶梅》、《紅樓夢》、《水滸》一般命運，被淺見者標作禁書，那更是多麼可惜的事情呵！

天下事真是不如意的多。不講別的，只說書這件東西，它是再與世無爭也沒有的了，也都要受這種厄運的摧殘。至於那琉璃一般脆弱的美人，白鶴一般兀傲的文士，他們的遭忌更是不言可喻了。試想含意未伸的文人，他們在不得意時，有的樵採，有的放牛，不僅無異於庸人，並且備受家人或主子的輕蔑與凌辱；然而他們天生得性格倔強，世俗越對他白眼，他卻越有精神。他們有的把柴挑在背後，拿書在手裡讀；有的騎在牛背上，將書掛在牛角上讀；有的在蚊聲如雷的夏夜，囊了螢照著書讀；有的在寒風凍指的冬夜，拿了書映著雪讀。然而時光是不等人的，等到他們學問已成的時候，眼光是早已花了，頭髮是早已白了，只是在他們的頭額上新添加了一些深而長的皺紋。

咳！不如趁著眼睛還清朗，鬢髮尚未成霜，多讀一讀「人生」這本書罷！

空中樓閣

你說不定要問：空中怎麼建造得起樓閣來呢？連流星那麼小雪片那麼輕的東西都要從空中墜落下來，落花一般的墜落下來，更何況樓閣？我也不知怎樣的，然而空中實在是有樓閣。玉皇大帝的靈霄寶殿、王母的瑤池同蟠桃園、老君的煉丹房以及三十三天中一切的洞天仙府，真是數不盡說不完的。它們之中，只須有一座從半空倒下來，我們地上這班凡人，就會沒命了。幸而相安無事，至今還不曾發生過什麼危險。雖然古時有過共工用頭（這頭一定比小說內所講的銅頭鐵臂的銅頭還要結實）碰斷天柱的事體發生，不過僥倖女媧補的快，還不曾鬧出什麼大岔子，只是在雨後澄霽的時光，偶爾還看見那弧形的五彩裂紋依然存在著。現在是沒有共工那種人了，我們盡可放心的睡眠，不必杞人憂天罷！

共工真是一個傻子，不顧別人的性命，還有可說；他卻連自己的性命都不顧了。也很難講，誰敢說他不是覺著人間的房屋太低陋齷齪了，要打通一條上天的路，領著他的一班手下的人，學齊天大聖那樣的去大鬧一次天宮，把玉皇大帝趕下寶座，他自己卻與一班手下人霸占起一切的空中樓閣呢。女媧一定是為了凡間的姊妹大起恐慌，因為那班急色的男子，最喜歡想仙女的心思。他們遇到一個美貌的女子，總是稱讚她像天仙。萬一共工同他的將士，真正上了天，他們還不個個都作起劉晨、阮肇來，將家中一班怨女，都抛撇在人間守活寡嗎？

並且天上的宮殿，都是拿蔚藍的玉石鋪地，黃金的暮雲築牆，燈是圓大的朝陽，燭是輝煌的彗星，也難怪共工想登天了。在那邊園囿之中，有白的梅花鹿，遨遊月宮的白兔，聳著耳朵坐在鉢前，用一對前掌握著玉杵搗霜，還有填橋的喜鵲鼓噪，銜書的青鳥飛翔，蕭史跨著的鳳凰在空中巧囀著牠那比蕭還悠揚宛轉的歌聲。銀白的天河在平原中無聲的流過，岸旁茂生著梨花一般白的碧桃，纍纍垂有長生之果的蟠桃，引劉阮入天臺的絳桃。別的樹木更是多不勝舉。菌形的靈芝黑得如同一柄墨玉的如意。郊野之中，也有許多的蟲豸，蝕月的蟾蜍呵，啼聲像鬼哭的九頭鳥呵，天狼呵，天狗呵，牛郎的牛呵，老君的牛呵，還有那張果老騎的驢子，牠都比凡人尊貴，能夠住在天上。

咳！在古代不說做人了！就是做雞狗都有福氣。那時的人修行得道，連家中的雞狗，都是跟著飛昇的。你瞧那公雞，牠斜了眼睛，盡向天上望，牠一定是在羨慕牠的那些白日飛昇的祖宗呢。空中的樓閣，海上的蜃樓，深山的洞府，世外的桃源，完了，都完了，生在現代的人，既沒有琴高的鯉，太白的鯨魚，騎著去訪海外的仙山；也沒有黃帝的龍，后羿的金烏，跨了去遊空中的樓閣。

寓言

從前的時候，人不怕老虎，老虎也不咬人。

有一天，王大在山裡打了許多野雞野兔，太多了，他一個人馱不動，只好分些綁在獵犬的背上，惹得那狗涎垂一尺，盡拿舌頭去舐鼻子。獵戶一面走著，一面心裡盤算哪隻兔子留著送女相好，哪隻野雞拿去鎮上賣了錢推牌九。

他正這樣思忖的時候，忽見前頭來了一隻老虎，垂頭喪氣的與一個大輸而回的賭徒差不多。

王大說：「您好呀？寅先生為何這般愁悶，愁悶得像一匹喪家之犬。看你那尾巴，向來是直如鋼鞭的，如今卻夾起在大腿之間了；還有那腳步向來是快如風的，如今也像纏了腳的老太太，進三步退兩步了。」

老虎說：「王老，你有所不知，說起來話真長著呢！」說到這裡，牠嘆氣連天的。「我家有八旬老母，雙眼皆瞎，又有才滿月的豚兒，還睡在搖籃裡，偏偏在這時把拙荊亡去了。今天一清早，我就出去尋找食物，走了一個整天——」說到這裡，牠忽然看見王大背上與獵犬背上滿載著的野品，便道：「呀，原來都在這裡，怪不得我空跑了一天呢！」

牠接著哀懇道：「王老，先下手為強，這句俗語我也知道。不過，我實在是家有老母小兒，牠們已經整天不曾有一物下嚥了。我如今正年富力強，餓上十天半個月還不打緊，牠們一老一幼，卻怎麼捱得過呢！萬一牠們有個長短——」

牠說到這裡，忍不住的傷心大哭起來，一顆顆的眼淚，從大而圓的眼眶裡面滴下，好像許多李子杏子似的。牠的哭聲驚動了頭頂上樹枝間的割麥插禾，一齊飛入天空，問道：「這是為何？這是為何？」

王大只是搖頭。

老虎又哀求道：「不看金面看佛面，我前生也姓王，只看我額上的王字便是記認。你對於同宗，難道也忍心坐視不救嗎？」

王大只是搖頭。

老虎陡然暴怒起來，牠大吼一聲，跳上去把王大的頭一口咬下來，說道：「看你再搖，這鐵石心腸的畜生！」

獵狗搖著尾巴，笑嘻嘻的說：「大王，你過勞貴體了，讓小畜替你把這些野雞野兔連著王大的身體一齊馱去寶洞罷！」

自此之後，老虎知道人是一種賤的東西，只怕強權，不講道理，於是逢著便咬，報牠昔日的仇。

衚衕

我曾經向子惠說過，詞不僅本身有高度的美，就是它的牌名，都精巧之至。即如〈渡江雲〉、〈荷葉杯〉、〈摸魚兒〉、〈真珠簾〉、〈眼兒媚〉、〈好事近〉這些詞牌名，一個就是一首好詞。我常時翻開詞集，並不讀它，只是拿著這些詞牌名慢慢的咀嚼。那時我所得的樂趣，真不下似讀絕句或是嚼橄欖。京中胡同的名稱，與詞牌名一樣，也常時在寥寥的兩三字裡面，充滿了色彩與暗示，好像龍頭井、騎河樓等等名字，它們的美是毫不差似〈夜行船〉、〈戀繡衾〉等等詞牌名的。

胡同是衚衕的省寫。據文學學者說，是與上海的弄一同源自巷字。元人李好古作的〈張生煮海〉一曲之內，曾經提到羊市角頭磚塔兒衚衕，這兩個字入文，恐怕要算此曲最早了。各胡同中，最為國人所知的，要算八大胡同；這與唐代長安的北里，清末上海的四馬路的出名，是一個道理。

京中的胡同有一點最引人注意，這便是名稱的重複：口袋胡同、蘇州胡同、梯子胡同、馬神廟、弓弦胡同，到處都是，與王麻子、樂家老鋪之多一樣，令初來京中的人，極其感到不便，然而等我們知道了口袋胡同是此路不通的死胡同，與「悶葫蘆瓜兒」，「蒙福祿館」是一件東西，蘇州胡同是京人替住有南方人不管他們的籍貫是杭州或是無錫的街巷取的名字，弓弦胡同是與弓背胡同相對而定的象形的名稱，以後我們便會覺得這些名字是多麼有色彩，是多麼勝似紐約的那些單調的什麼 Fifth Avenue、Fourteenth Street，以及上海的侮辱我國的按通商五口取名的什麼南京路、九江路。那時候就是被全國中最穩最快的京中人力車夫說一句：「先兒，你多給兩子兒。」也是得償所失的。尤其是蘇州胡同一名，它的暗示力極大。因為在當初，交通不便的時候，南方人很少來京，除去舉子；並且很少住京，除去京官。南邊話同京白又相差的那般遠，也難怪那些生於斯、卒於斯、眼裡只有北京、耳裡只有北京的居民，將他們聚居的胡同，定名為蘇州胡同了。（蘇州的土白，是南邊話中最特采的；女子是全國中最柔媚的。）梯子胡同之多，可以看出當初有許多房屋是因山而築，那街道看去有如梯子似的。京中有很多的馬神廟，也可令我們深思，何以龍王廟不多，偏多馬神廟呢？何以北京有這麼多馬神廟，南京卻一個也不見呢？南人乘舟，北人乘馬，我們記得北京是元代的都城，那鐵蹄直踏進中歐的韃靼，正是修建這些廟宇的人呢！

京中的胡同有許多以並得名。如上文提及的龍頭井以及甜水井、苦水井、二眼井、三眼井、四眼井、井兒胡同、南井胡同、北井胡同、高井胡同、王府井等等，這是因為北方水分稀少，煮飯、烹茶、洗衣、沐面，水的用途又極大，所以當時的人，用了很笨緩的方法，鑿出了一口井之後，他們的快樂是不可言狀的，於是以井名街，紀念成功。

胡同的名稱，不特暗示出京人的生活與想像，還有取燈胡同、妞妞房等類的胡同。不懂京話的人，是不知何所取意的。並且指點出京城的沿革與區分，羊市、豬市、騾馬市、驢市、禮士胡同、菜市、缸瓦市，這些街名之內，除去豬市尚存舊意之外，其餘的都已改頭換面，只能讓後來者憑了一些虛名來懸擬當初這幾處地方的情形了。戶部街、太僕寺街、兵馬司、緞司、鑾輿衛、織機衛、細磚廠、箭廠，誰看到了這些名字，能不聯想起那輝煌的過去，而感覺一種超現實的興趣？

黃龍瓦、朱堊牆的皇城，如今已將拆毀盡了。將來的人，只好憑了皇城根這一類的街名，來揣想那內城之內、禁城之外的一圈皇城的位置罷？那丹青照耀的兩座單牌樓呢?那形影深嵌在我童年想像中的壯偉的牌樓呢?它們哪裡去了?看看那駝背龜皮的四牌樓，它們手拄著拐杖，身軀不支的，不久也要追隨早夭的兄弟於地下了！

破壞的風沙，捲過這全個古都，甚至不與人爭韜聲匿影如街名的物件，都不能免於此厄。那富於暗示力的劈柴胡同，被改作辟才胡同了；那有傳說作背景的爛面胡同，被改作爛漫胡同了；那地方色彩濃厚的蠍子廟，被改作協資廟了。沒有一個不是由新奇降為平庸，由優美流為劣下。狗尾巴胡同改作高義伯胡同，鬼門關改作貴人關，勾闌胡同改作鉤簾胡同，大腳胡同改作達教胡同：這些說不定都是巷內居者要改的，然而他們也未免太不達教了。阮大鋮住南京的碮襠巷，倫敦的 Rotten Row 為貴族所居之街，都不曾聽說他們要改街名，難道能達觀的只有古人與西人嗎?內豐的人，外嗇一點，並無輕重。司馬相如是一代的文人，他的小名卻叫犬子。《子不語》書中說，當時有狗氏兄弟中舉。莊子自己願意為龜。頤和園中慈禧後居住的樂壽堂前立有龜石。古人的達觀，真是值得深思的。

迎神

——過檀香山島作是一個弦月之夜。白色的祈塔與巨石的祭壇豎立在海岸沙灘上。晚汐舐黃沙作聲，一道道的湖水好像些白龍自海底應召而來。乾如茎過的傘形棕櫚靜立在微光之下。朦朧中可以看見祭場四隅及中央的木雕與石鐫的察窄長而幻怪的神首有如適從地府伸出頭來，身軀尚在黃泉之內似的。

祭司身上一絲不掛，手執香炬，虔步入白塔之中。他旋轉上塔的最高層，在寂靜與縹緲中對著天空海洋默禱，求神祇下降。

禱了又禱，直至一顆星落下蒼穹：神祇降了！他狂喜的——因為這一夜他若是禱不下大神來，便將被土人視為汙瀆而剝皮——他狂喜的挽起角螺來，自東西南北四方的窗櫺吹出迎神之調，到居住在茅草鋪的、或板木搭的房屋的島民耳中，叫他們知道，神祇降了！

他們一片歡呼的，在袒裸之棕色身軀上圍起青草紮成的短裙，把那用頭髮與鯨牙雕具編的圈練懸掛在頸項，手裡敲著碩大的葫蘆。舞蹈到沙灘之上來。

島王聞聲，披起了犬牙編製的胸甲，排列儀仗，雙掌高捧一個白羽為面、赤羽為眉目口鼻的神首，領著王后宮女與侍衛的武士，也向沙灘而來。

祭壇上已經燃了鯨膏之燎。燎火閃爍的照見壇的四圍，以及各神首的周遭，都有島民繞著在狂舞高歌。沉重鬱悶的葫蘆聲響，嘹亮嘈雜的金器鏗鏘，雜著壇上燎火中柴木的爆裂，融合成了一曲熱烈而奇異的迎神之歌。

但葫蘆金器的聲響，忽然停了，歌唱也止了，因為他們看見白羽的神面捧到了祭壇的燎火當前，他們一齊匍匐上了白沙之地。

侍御的胡刺樂工輕撥動胡刺的膠弦，在悄靜中低語。有如從遼遠的古昔中，行近了逝者的嘆聲，嘆那些先他們而離世的泉下人，有些是漂著一葉刀魚形的小舟，一去不回，葬身在魚腹之中；有些是在這四周被海圍起的小島上，同繁殖偽獸群爭競一息的生機，終於喪了生命。弦聲顫抖著，哽咽著，把島民的悲哀掙扎，一齊傾吐在這悄然旁聽著的神首之前，求祂繼續著祂的庇佑。不然，那終古拿舌舐著這島嶼的洋便會攜帶了長喙的鱷魚、銀甲的鯊魚、鬚銳長如矛頭的巨蝦、頭龐大過屋舍的長鯨，以及數不清的粘膠、惡臭、瘤癤滿身如蟾撥、形狀醜怪如魔鬼的海中物類，來湮沒盡這島嶼，吞噬盡這些虔誠的男女，那時純潔的祈塔、鞏固的祭壇都要隨了人類蕩滌淨盡，更無匏金的聲響、舞蹈的火焰，來娛悅這羽翼此島的神祇了。

祭祀的犧牲這時已經都陳設在祭壇之上，白如處女的兔子、披著綵衣的野雉、四掌有如魚鰭的玳瑁、花皮有如人工的魚類、頂戴王冠的波羅蜜、芬芳遠溢的五穀——這些都由祭司捧著，繞行白羽的神面三周，投入了跳躍著伸舌的燎火之中。白煙挾著香味，像一條蜿蜒的白蛇升上了天空。

島民又立起身，繞著白羽的神面，歌唱起來。這送神之歌不像迎神時那樣嘈雜不安了。它像一個催眠的歌調，茅屋中袒裸的母親在身畫龍蛇的嬰孩的搖籃旁邊低吟的一個催眠的歌調；它好像自近而遠，送神祇隨了白煙飛騰上夜雲之幕，送那如夢中幻景的一聲不響的島王與儀仗捧著白羽的神面復回島宮，送那鐮刀形的弦月暫時朦朧在晝夜無眠的浪濤上，終於沉下了海底。

和平與黑暗降下了這一片人已散盡火已燼滅的平沙之上，只有高聳的塔影、酣眠的棕櫚尚可依稀的看見。

日與月的神話

景深兄：近來作了幾首英文詩，是取材自我國的神話，作時猛然悟出這些神話是極其美麗。即如太陽在文學中叫做金烏，這名字已經用濫了。但是我們把這兩個字揣摩一番之後，便可知道它們好像一顆金桔，在很小的果皮之內蘊滿了想像的甜汁，雖然隨處都有，見年復生，仍舊減去不了它的佳妙。把太陽比作烏鴉，有兩層道理：很顯明的一層便是太陽飛過天空像烏鴉一樣，第二層道理是人在向太陽直望了一刻之後，轉看他物，便如有一黑物阻梗在眼前。古人的想像把這黑的觀念同飛的觀念聯絡起來，於是把太陽比作了烏鴉。烏鴉的毛，因光澤之故，對光看時，呈現金色。這更使這比喻來得的確。

日起扶桑，日落若木：這並非異想天開，確有道理。太陽起落之時，雲霞確實像樹，枝條四展的樹。若木的若字最有意味。並且烏鴉不是築巢在樹上嗎？日起落時的霞彩是宇宙中美景之一，中外的詩人都曾極力描寫過，有人比它作頭髮，那是英國的 Spenser，他的那行詩是狀比朝霞，我忘記掉了，不過雪萊套他寫了一行 Blind with thine hair the eyes of day（見〈夜〉），有人比它作闌干，那是英國的濟慈，那行詩是 While barred clouds bloom the soft-dying day（見〈秋曲〉），我在〈日色〉中也曾寫過這樣幾行：

> 雲天上幻出扇形，
> 彷彿義和的車輪，
> 慢慢的。
> 沉沒下西方。

這些譬喻中，試問，那一個能勝過「扶桑」——桑，對了，那是中國的國樹，不是 oak，不是 fir，不是 linden，不是 holly——試問哪一個能勝過「若木」——從「艸」字頭的若，驟看起來，真像一個樹名呢。

月亮有神，這是無論那一國都那般想像的。但是自有文化的一兩萬年以來，卻不曾有過一國像我們中國這樣，對於月亮中的黑影也加以想像的解釋。桂樹便是這樣在月宮旁生長了起來。縹緲的桂花香息雖能稍解望月的人對這一輪圓鏡中陰影的憎惡，古人的想像終於免不了造出一個吳剛來，掮起斧頭去研樹根。但是斧頭儘管砍它的，陰影仍然存留著。這當然是因為吳剛太老了，不中用了。要是換個壯漢子運斤成風，桂樹是早已砍倒了。

后羿射落九日，只留一日，這傳說的來源極古。年代久遠，後人便把羿與太陽混合在了一起。他們見月升於日落時，日出時又隱去，便想像這是太陽在追趕著月亮。不能是月亮追趕太陽，因為從不曾有過陰追趕陽的事情。在他們想像中，太陽是后羿，於是月亮便成為了他的逃妻。其實我們知道，后羿的妻子並不曾偷到什麼不死之藥吞了，逃去月中做了月神，她是被后羿的國相寒濊偷了！月亮裡有兔子那是當然。並且是白的家兔，不是黃的野兔。這畜生搗霜的本領委實太差：你看那月光下的草地，不是濺滿了霜沫嗎？

弟子沅十七年三月十二日

畫虎

「畫虎不成反類狗，刻鵠不成終類鶩。」自從這兩句話一說出口，中國人便一天沒有出息似一天了。

誰想得到這兩句話是南征交趾的馬援說的。聽他說這話的姪兒，如若明白道理，一定會反問：「伯伯，你老人家當初征交趾的時候，可曾這樣想過：征交趾如若不成功，那就要送命，不如作一篇〈南征賦〉罷，因為〈南征賦〉作不成，終究留得有一條性命。」

這兩句話為後人奉作至寶。單就文學方面來講，一班膽小如鼠的老前輩便是這樣警勸後生：學老杜罷，學老杜罷，千萬不要學李太白。因為老杜學不成，你至少還有個架子；學不成李的時候，你簡直一無所有了。這學的風氣一盛，李杜便從此不再出現於中國詩壇之上了。所有的只是一些杜的架子、或一些李的架子。試問這些行屍走肉的架子、這些骷髏，它們有什麼用？光天化日之下，與其讓這些怪物來顯形，倒不如一無所有反而好些。因為人真知道了無，才能創造有；擁著偽有的時候，絕無創造真有之望。

狗，鷲。鷲真強似狗嗎？試問牠們兩個當中，是誰怕誰？是狗怕鷲呢？還是鷲怕狗？是誰最聰明，能夠永遠警醒，無論小偷的腳步多麼輕，牠都能立刻揚起憤怒之呼聲將鄙賤驚退？

畫不成的老虎，真像狗；刻不成的鴻鵠，真像鷲嗎？不然，不然。成功了便是虎同鵠，不成功時便都是怪物。

成功又分兩種：一種是畫匠的成功，一種是畫家的成功。畫匠只能模擬虎與鵠的形色，求到一個像罷了。畫家他深探入創形的祕密，發見這形後面有一個什麼神，發號施令，在陸地則賦形為勁悍的肢體、巨麗的皮革，在天空則賦形為剽疾的翮翼、潤澤的羽毛：他然後以形與色為血肉毛骨，納入那神，持摶成他自在己的虎鵠。拿物質文明來比方：研究人類科學的人如若只能亦步亦趨，最多也不過販進一些西洋的政治學、經濟學，既不合時宜，又常多短缺。實用物質科學的人如若只知蕭規曹隨，最多也不過摹成一些歐式的工廠商店，重演出慘劇，肥寡下肥眾。日本便是這樣：它古代摹擬到一點中國的文化，有了它的文字、美術；近代摹擬到一點西方的文化，有了它的社會實業：它只是國家中的畫匠。我們這有幾千年特質文化的國家不該如此。我們應該貫進物質文化的內心，搜出各根柢原理，觀察它們是怎樣配合的，怎樣變化的，再追求這些原理之中有那些應當剷除，此外還有些什麼原理應當加入，然後淘汰擴張，重新交配，重新演化，以造成東方的物質文化。

東方的畫師呀！麒麟死了，獅子睡了，你還不應該拿起那枝當時伏羲畫八卦的筆來，在朝陽的丹鳳聲中，點了睛，讓困在壁間的龍騰越上蒼天嗎？

徒步旅行者

往常看見報紙上登載著某人某人徒步旅行的新聞，我總在心上泛起一種遼遠的感覺，覺得這些徒步旅行者是屬於另一個世界——一個浪漫的世界；他們與我，一個刻板式的家居者，是完全道不同不相為謀的。我思忖著，每人與生俱來的都帶有一點冒險性，即使他是中國人，一個最缺乏冒險性的民族……希臘人不也是一個習於家居，不願輕易的離開鄉土的民族麼？然而幾千年來的文學中，那個最浪漫的冒險故事，《奧德賽》，它正是希臘民族的產品。這一點冒險性既是內在的，它必然就要去自尋外發的途徑，大規模的或是小規模的，顧及實益的或是超乎實益的。林德白的橫渡大西洋飛航，孛爾得的南極探險，這些都是大規模的，因之也不得不是顧及實益的——雖然不一定是顧慮到個人的實益——唯有小規模的徒步旅行，它是超乎實益的，它並不曾存著一種目的，任是擴大國家的版圖，或是準備將來軍事上的需要，或是採集科學上的文獻；徒步旅行如其有目的，我們最多也不過能說它是一種虛榮心的滿足，這也是人情，不能加以非議——那一張沿途上行政人物的簽名單也算不了什麼寶貝，我們這些安逸的家居者倒不必去眼紅，儘管由它去落在徒步旅行者的手中，作一個紀念品好了。這一種的虛榮心倒遠強似那種兩個人罵街，者要占最後一句話的上風的虛榮心。所以，就一方面說來，徒步旅行也能算得是藝術的。

史蒂文生作過一篇〈徒步旅行〉，說得津津有味；往常我讀它，也只是用了文學的眼光，就好像讀他的《騎驢旅行》那樣。一直到後來，在文學傳記中知道了史氏自己是曾經嘗過徒步旅行的苦楚的，是曾經在美國西部——這地方離開蘇格蘭，他的故鄉，是多麼遠！——步行了多時，終於倒在地上，累的還是餓的呢，我記不清楚了，幸虧有人走過，將他救了轉來的，到了這時候，我回想起來他的那篇〈徒步旅行〉，那篇文筆如彼輕靈的小品文，我便十分親切的感覺到，好的文學確是痛苦的結晶品；我又肅敬的感覺到，史氏身受到人生的痛苦而不容許這種醜惡的痛苦侵入他的文字之中，實在不愧為一個偉大的客觀的藝術家，那「為藝術而藝術」的一句話，史氏確是可以當之而無愧。

史氏又有一篇短篇小說（*Providence and the Guitar*），裡面描寫一個富有波希米亞性的歌者的浪遊，那篇短篇小說的性質又與上引的〈徒步旅行〉不同，那是《吉訶德先生》的一幅縮影，與孟代（Catulle Mendés）的 Je m'en vais par les chemins, lirelin 一首歌詞的境地例是類似。孟氏的這首歌詞說一個詩人浪遊於原野之上，布袋裡有一塊白麵包，口袋裡有三個銅錢，心坎裡有他的愛友——等到白麵包與銅錢都被扒手給撈去了的時候，他邀請這個扒手把他的口袋也一齊撈去，因為他在心坎裡依然存得有他的愛友。這是中古時代行吟詩人 Troubadour 的派頭；沒有中古時代，便容不了這些行吟詩人，連危用（Villon）都嫌生遲了時代，何況孟氏。這個，我們只能認它作孟氏的取其快意的寄寓之詞罷了。

就那個由浪遊者改行作了詩人的岱維士（W. H. Davies）說來，徒步旅行實在是他的拿手——雖說能以偷車的時候，他也樂得偷車。據他的《自傳》所說，徒步旅行有兩種苦處，狗與雨。他的《自傳》那篇誠實的毫不浮誇的記載，只是很簡單的一筆便將狗這一層苦處帶過去了；不知道他是怕狗的呢，還是他做過對不住狗這一族的事——至少，我們可以想像得出，狗的多事未嘗不是為了主人，這個，就一個同情心最開闊的詩人說來，岱氏是應當已經寬恕了的；不過，在當時，肚裡空著，身上凍著，腿上酸著，羞辱在他的心上，臉上，再還要加上那一陣吠聲，緊追在背後提醒著他，如今是處在怎樣的一種景況之內，這個，便無論一個人的容量有多麼大，岱氏想必也是不能不介然於懷的。關於雨這一層苦處，岱氏說得很詳盡；這個雨並非潤物細無聲的那種毛毛雨，（其實說來，並不一定要它有聲，只要它潤了一天一夜，徒步旅行者便要在身上，心上沉重許多斤了。）這個雨也並非花落知多少的那種隔岸觀火的家居者的閒情逸致的雨；它不是一幅畫中的風景，它是一種宇宙中的實體，濡溼的，寒冷的，泥濘的。那連三接四的梅雨，就家居者看來，都是十分煩悶，惹厭，要耽誤他們的許多事務，敗興他們的各種娛樂；何況是在沒遮攔的荒野中，那雨向你的身上，向你的沒有穿著雨衣的身上灑來，浸入，路旁雖說有漾出火光的房屋，但是那兩扇門向了你緊閉著，好像一張方口啞笑的向了你在張大，深刻化你的孤單，寒冷的感覺，這時候的雨是怎麼一種滋味，你總也可以想像得出罷……不然，你可以去讀岱氏的《自傳》，去咀嚼杜甫的

布衾多年冷似鐵
嬌兒惡臥踏裡裂，
長夜沾溼何由徹！

那三句詩；再不然，你可以犧牲了安逸的家居，去做一個毫無準備的徒步旅行者。

杜甫也是一個迫於無奈的徒步旅行者；只要看他的

芒鞋見天子，
脫袖露兩肘。

這寥寥十個字，我們便可以想像得出，他是步行了多少的時日，在途中與多少的困苦摩肩而過，以致兩隻衣袖都爛脫了；我們更可以想像開去，他穿著一雙草鞋，多半是破的，去朝見皇帝於宮庭之上，在許多衣冠整肅的官吏當中，那是，就他自己說來，夠多麼可慘的一種境況；那是，就俗人說來，多麼叫人齒冷的一種境況……至所謂相見驚老醜他還只曾說到他的「所親」呢。

我記得有一次坐火車經過黃河鐵橋，正在一座一座的數計著鐵欄的時候，看見一個老年的徒步旅行者站在橋的邊沿，穿著破舊的還沒有脫袖的短襖，背著一把雨傘，傘柄上吊著一個包袱；我當時心上所泛起的只是一種遼遠的感覺，以及一種自己增加了坐火車的舒適的感覺……人類的囿於自我的根性呀！攜我這樣一個從事於文學的人尚且如此，旁人往能加以責備麼？現在我所唯一引以自慰的，便是我還不曾墮落到那種嘲笑他們那般徒步旅行者的田地；杜甫的詩的沉痛，我當時雖是不能體味到，至少，我還沒有嘲笑，我還沒有自絕於這種體味。淡漠還算得是人之常情；敵視便是鄙俗了。

西方的徒步旅行者，我是說的那種迫於無奈的，我不知道他們是怎麼一種行頭，雖說吉卜西的描寫與他們的插圖我是看見過的，大概就是那般在街上賣毯子的俄國人的裝束，就那般瑟縮在輪船的甲板上的外國人的裝束想像開去，我們也可以捉摸到一二了……這許多漂泊的異鄉人內，不知道也有多少〈哀王孫〉的詩料呢。

這賣毯子的人教我聯想到危用，那個被驅出巴黎的徒步旅行者。他因為與同黨竊售教堂的物件，下了監牢，在牢裡作成了那篇傳誦到今的〈吊死曲〉，他是準備著上絞臺的了；遇到皇帝登位，憐惜他的詩才，將他大赦，流徙出京城，這個「巴黎大學」的碩士，馳名於全巴黎的詩人便盧梭式的維持著生活，向南方步行而去；在奧類昂公爵（Charles d'Orléans 也是一個馳名的詩人）的堡邸中，他逗留了一時，與公爵以及公爵的侍臣唱和了一篇限題為在泉水的邊沿我渴得要死的 ballade（巴俚曲）——大概也借了幾個錢——接著，他又開始了他的浪遊，一直到保兜地方，他才停歇了下來，因為又犯了事，被逼得停歇在一個地窖裡。這又是教堂中人於的事；那個定罪名的主教治得他真厲害，不給他水喝，忘記了耶穌曾經感化過一個妓女，只給他麵包吃，還不是新鮮的，他睡去了的時候，還要讓地窖裡的老鼠來分食這已經是少量的陳麵包。徒步旅行者的生活到了這種田地，也算得無以復加了。

江行的晨暮

美在任何的地方，即使是古老的城外，一個輪船碼頭的上面。

等船，在划子上，在暮秋夜裡九點鐘的時候，有一點冷的風。天與江，都暗了；不過，仔細的看去，江水還浮著黃色。中間所橫著的一條深黑，那是江的南岸。

在眾星的點綴裡，長庚星閃耀得像一盞較遠的電燈。一條水銀色的光帶晃動在江水之上。看得見一盞紅色的漁燈。

岸上的房屋是一排黑的輪廓。一條躉船在四五丈以外的地點。模糊的電燈，平時令人不快的，在這時候，在這條躉船上，反而，不僅是悅目，簡直是美了。在它的光圍下面，聚集著有一些人形的輪廓。不過，並聽不見人聲，像這條划子上這樣。

忽然間，在前面江心裡，有一些黝黯的帆船順流而下，沒有聲音，像一些巨大的鳥。

一個商埠旁邊的清晨。

太陽升上了有二十度；覆碗的月亮與地平線還有四十度的距離。幾大片鱗雲黏在淺碧的天空裡；看來，雲好像是在太陽的後面，並且遠了不少。

山嶺披著古銅色的衣，褶痕是大有畫意的。

水氣騰上有兩尺多高。有幾隻肥大的鷗鳥，牠們，在陽光之內，暫時的閃白。

月亮是在左舷的這邊。

水氣騰上有一尺多高；在這邊，它是時隱時顯的。在船影之內，它簡直是看不見了。

顏色十分清潤的，是遠洲的列樹，水平線上的帆船。江水由船邊的黃到中心的鐵青到岸邊的銀灰色。有幾隻小輪在噴吐著煤煙；在煙囪的端際，它是黑色，在船影裡，淡青，米色，蒼白；在斜映著的陽光裡，棕黃。

清晨時候的江行是色彩的。

煙捲

我吸煙是近四年來的事——從前我所進的學校裡，是禁止煙酒的——不過我同煙捲發生關係，卻是已經二十年了。那是說的煙捲盒中的畫片，我在十歲左右的時候，便開始收集了。我到如今還記得我當時對於那些畫片的蒐羅是多麼熱情，正如我當時時於收集各色的手工紙，各國的郵票那樣。有的是由家裡的煙捲盒中取來的，恨不得大人一天能抽十盒煙才好；還有的是用制錢——當時還用制錢——去，跑去，雜貨舖裡買來的。兒童時代也自有兒童時代的歡喜與失望：單就蒐集畫片這一項來說，我還記得當時如其有一天那煙盒中的畫片要是與從前的重複了，並不是一張新的，至少有半天，我的情感是要梗滯著，不舒服，徒然的在心中希冀著改變那既成的事實。收集全了一套畫片的時候，心裡又是多麼歡喜！那便是一個成人與他所戀愛的女子結了婚，一個在政界上鑽營的人一旦得了肥缺，當時所體驗到的鼓舞，也不能在程度上超越過去。

便是煙捲盒中的畫片這一種小件的東西，就中都能以窺得出社會上風氣的轉移。如今的畫片，千篇一律的，是印著時裝的女子，或是俠義小說中的情節；這一種的風氣，在另一方面表現出來，便是肉慾小說與新俠義小說的風行，再在另一方面表現出來，便是跳舞館像雨後春筍一般的豎立起來，未成年的幼者棄家棄業的去求俠客的記載不斷的出現於報紙之上。在二十年前，也未嘗沒有西洋美女的照相畫片——性，那原是古今中外一律的一種強有力的引誘；在十年以前，我自己還拿十歲時候所收集的西洋美女的照相畫片之內的一張剪出來，插在錢夾裡。——也未嘗沒有《水滸》上一百零八人的畫片——《水滸》，它本來是一部文學的價值既高，深入民心的程度又深的書籍，可以算是古代的白話文學中唯一的能以將男性充分的發揮出來的長篇小說，（我當時的失望啊，為了再也蒐羅不到玉麒麟盧俊義這張畫片的緣故！）——不過在二十年前，也同時有軍艦的照相畫片，英國的各時代的名艦的畫片，海陸軍官的照相畫片，世界上各地方的出產物的畫片……這二十年以來，外國對於我國的態度無可異議的是變了，期待改變成了藐視，理想上的希望改變了實際上的取利；由畫片這一小項來看，都可以明顯的看見了。

當時我所收集的各種畫片之內，有一種是我所最喜歡的，並不是為的它印刷精美，也不是為的它蒐羅繁難。它是在每張之上畫出來一句成語或一聯的意義，而那些的繪畫，或許是不自覺的，多少含有一些滑稽的意味。「若要工夫深，鈍鐵磨成針」，「爬得高，跌得重」，以及許多同類的成語，都寓莊於諧的在繪畫中實體的演現了出來，映入了一個上「修身」課，讀古文的高小學生的視覺……當時還沒有《兒童世界》、《小朋友》，這一種的畫片便成為我的童年時代的《兒童世界》、《小朋友》了。

畫片，這不過是煙捲盒中的附屬品，為了吸煙捲的家庭中那般兒童而預備的，在中國這個教育，尤其是兒童教育落伍的國家，一切含有教育意義的事物，當然都是應該歡迎、提倡的。不過就一般為吸煙而吸煙的人說來，畫片可以說是視而不見的；所以在出售於外國的高低各種，出售於中國的一些煙盒、煙罐之內，畫片這一項節目是蠲除去了。

煙捲的氣味我是從小就聞慣了，嗅它的時候，我自然也是感覺到有一種香味——還有些時候，我撮攏了雙掌，將煙氣向嗅官招了來聞；至於吸煙，少年時代的我也未嘗沒有嘗試過，但是並沒有嘗出了什麼好處來，像吃甜味的糖，鹹味的菜那樣，所以便棄置了不去繼續——並且在心裡堅信著，大人的說話是不錯的，他們不是說了，煙捲雖是嗅著煙氣算香，吸起來都是沒有什麼甜頭，並且暈腦的麼？

我正式的第一次抽煙捲，是在二十六歲左右，在美國西部等船回國的時候；我正式的第一次所抽的煙捲，是美國國內最通行的一種煙捲，「幸中」（Lucky Strike）。因為我在報紙、雜誌之上常時看到這種煙捲的觸目的廣告，而我對於煙捲又完全是一個外行，當時為了等船期內的無聊，感覺到抽煙捲也算得一條便利的出路，於是我的「幸中」便落在這一種煙捲的身上。

船過日本的時候，也抽過日本的國產煙捲，小號的，用了日本的國產火柴，小匣的。

回國以後，服務於一個古舊狹窄的省會之內；那時正是「美麗牌」初興的時候，我因為它含有一點甜味，或許煙葉是用甘草焙過的，我便抽它。也曾經斷過煙，不過數日之後，發現口的內部的軟骨肉上起了一些水泡，大概是因為初由水料清潔的外國回來，漱口時用不慣黴菌充斥著的江水、井水的緣故，於是煙捲又照舊的吸了起來，數日之後，那些口內的水泡居然無形中消滅了；從此以後，抽煙捲便成為我的一種習慣了。醫學所說的煙捲有毒的這一類話，報紙上所登載的某醫士主張煙捲有益於人體以及某人用煙捲支持了多日的生存的那一類消息，我同樣的不介介於懷……大家都抽煙捲，我為什麼不？如其他是有毒的，那麼茶葉也是有毒的，而茶葉在中國原是一種民需，又是一種騷人墨客的清賞品，並且由中國銷行到了全世界——好像煙草由熱帶流傳遍了全世界那樣。有人說，古代的飲料，中國幸虧有茶，西方幸虧有啤酒，不然，都來喝冷水，恐怕人種早已絕跡於地面了，這或許是一種快意之言，不過，事物都是有正面與反面的。煙、酒，據醫學而言，都是有毒的，但是鴉片與白蘭地，醫士也拿了來治病。一種物件我們不能說是有毒或無毒，只能說，適當，不適當的程度，在施用的時候。

抽煙捲正式的成為我的一種習慣以後，我便由一天幾支加到了一天幾十支，並且，驅於好奇心，迫於環境，各種的煙捲我都抽到了，江蘇菜一般的「佛及尼」與四川菜一般的「埃及」，舶來品與國貨，小號與「Grandeur」、「Navycut」與「Straight-cut」，橡皮頭與非橡皮頭，帶紙嘴的與不帶紙嘴的，「大砲臺」與「大英牌」，紙包與「聽」與方鐵盒。我並非一個為吸煙而吸煙的人——這一點自認，當然是我所自覺慚愧的，我之所以吸煙，完全是開端於無聊，繼續於習慣，好像我之所以生存那樣。買煙捲的時候，我並不限定於那一種；只是買得了不辣咽喉的煙捲的時候，我絕不買辣咽喉的煙捲，這個如其算是我對於煙捲之選擇上的一種限定，也未嘗不可。吸煙上的我的立場，正像我在幼年蒐羅畫片，採集郵票時的立場，又像一班人狎妓時的立場；道地的一句話，它便是一般人在生活的享受上的立場。

我咀嚼生活，並不曾咀嚼出多少的滋味來，那麼，我之不知煙味而做了一個吸煙的人，也多少可以自寬自解了。我只知道，優好的煙捲濃而不辣，惡劣的煙捲辣而不濃；至於普通的煙捲，則是相近而相忘的，除非到了那一時沒得抽或是那抽得太多了的時候。

橡皮頭自然是方便的，不過我個人總嫌它是一種滑頭，不能叼在唇皮之上，增加一種切膚的親密的快感；即使有時要被那煙捲上的稻紙帶下了一塊唇皮，流出了少量的血來，個人的，我終究覺得那偶爾的犧牲還是值得的，我終究覺得「非橡皮頭」還是比橡皮頭好。

煙嘴這個問題，好像個人的生活這個問題，中國的出路這個問題一樣，我也曾經慎重的考慮過。煙嘴與橡皮頭，它們的創作是基於同一的理由。不過煙嘴在用了幾天以後，氣管中便會發生一種交通不便的現象，在這種的關頭上，煙油與煙氣便並立於交戰的地位，終於煙油越裏越多，煙氣越來越少，煙嘴便失去煙嘴的功效了。原來是圖求清潔的，如今反而不潔了；吸煙原來是要吸入煙氣到口中，喉內的，如今是雙唇與雙頰用了許大的力量，也不能吸到若干的煙氣，一任那火神將煙捲無補了實際的燃燒成了白灰。肅清煙嘴中的積滯，那是一種不討歡喜的工作；雖說吸煙是為了有的是閒工夫，卻很少有人願意將他的閒工夫用在掃清煙嘴中的煙油的這種工作之上。我寧可去直接的吸一支暢快的煙，取得我所想要取得的滿足，即使燻黃了食指與中指的指尖。

有時候，道學氣一發作，我也曾經發過狠來戒煙，但是，早晨醒來的時候，喉嚨裡總免不了要發癢，吐痰……我又發一個狠，忍住；到了吃完午飯以後，這時候是一飽解百憂，對於百事都是懷抱著一種一任其所之，於我並無妨害的態度，於是便記憶了起來，自己發狠來戒吸的這樁事件，於是便拍著肚皮的自笑起來，戒煙不戒煙，這也算不了怎麼一回大事，肚子飽了，不必去考慮罷……啊，那一夜半天以後的第一口深吸！這或者便是道學氣的好處，消極的。

還有時候，當然是手頭十分窘急的時候，「省儉」這個布衣的，面貌清癯的神道教我不要抽煙，他又說，這一層如其是辦不到，至少是要限定每天吸用的支數。於是我使用了一隻空罐裝好今天所要吸的支數；這樣實行了幾天，或是一天，又發生了一種阻折，大半是作詩，使得我悖叛了神旨，在晚間的空罐內五支五支的再加進去煙捲。我，以及一般人，真是愚蠢得不可救藥，寧可將享受在一次之內瘋狂的去吞嚥了，在事後去受苦，自責，絕不肯，絕不能算術的將它分配開來，長久的去受用！

煙捲，我說過了，我是與它相近而相忘的；倒是與煙捲有連帶關係的項目，有些我是覺得津津有味，常時來取出它們於「回憶」的池水，拿來仔細品嘗的。這或許是幼時好蒐羅畫片的那種童性的遺留罷。也許，在這個世界上，事物的本身原來是沒有什麼滋味，它們的滋味全在附帶的枝節之上罷。

煙罐的裝潢，據我個人的嗜好而言，是「加利克」最好。或許是因為我是一個有些好「發思古之幽情」的文人，所以那種以一個蜚聲於英國古代的伶人作牌號的煙捲，煙罐上印有他的像，又引有一個英國古代的文人讚美煙草的話，最博得我的歡心。正如一朵花，由美人的手中遞與了我們，拿著它的時候，我們在花的美麗上又增加了美麗的聯想。

廣告，煙捲業在這上面所耗去的金錢真正不少。實際的說來，將這筆巨大的廣告費轉用在煙捲的實質的增豐之上，豈不使得購買煙捲的人更受實惠麼？像一些反對一切的廣告的人那樣，我從前對於煙捲的廣告，也曾經這樣的想過。如今知道了，不然。人類的感覺，思想是最囿於自我，最漠於外界的……所以自從天地開闢以來，自從創世以來，蘋果儘管由樹上落到地上，要牛頓，他才悟出來此中的道理；沒有一根攔頭的棒，實體的或是抽象的，來擊上他的肉體，人是不會在感覺，思想之上發生什麼反應的。沒有鮮明刺目的廣告，人們便引不起對於一種貨品的注意。廣告並不僅僅只限於貨品之上，求愛者的修飾，衣著便是求愛者的廣告，政治家的宣言便是政治家的廣告，甚至於每個人的言語，行為，它們也便是每個人的廣告。廣告既然是一種基於人性的需要，那麼，充分的去發展它，即使消費去多量的金錢，那也是不能算作浪費的。

廣告還有一種功用，增加愉快的聯想。「幸中」這種煙捲在廣告方面採用了一種特殊的策略；在每期的雜誌上，它的廣告總是一幀名伶、名歌者的彩色的像，下面印有這最要保養咽喉的人的一封證明這種煙並不傷害咽喉的信件，頁底印著，最重要的一層，這名伶、名歌者的親筆簽名。或許這個簽字是公司方面用金錢買來的，（這種煙也無異於他種的煙，受慫的人並不至於受良心上的責備。）購買這種煙捲的人呢，我們也不能說他們是受了愚弄，因為這種煙捲的售價並沒有因了這一場的廣告而增高——進一步說，宗教，愛國，如其益處撇開了不提，我們也未嘗不能說它們是愚弄，這一場的廣告，當然增加了這種煙捲的銷路，同時也給與了購者以一種愉快的聯想；本來是一種平凡的煙捲，而購吸者卻能泛起來一種幻想，這個，那個名伶，名歌者也同時在吸用著它。又有一種廣告，上面畫著上個酷似那「它的女子」Clara Bow 的半身女像，撮攏了她的血紅的雙唇，唇顯得很厚，口顯得很圓，她又高昂起她的下巴，低垂著她的眼瞼，一雙瞳子向下的望著；這幅富於暗示與聯想的廣告，我們簡直可以說是不亞於魏爾倫（Verlaine）的一首漂亮的小詩了。

抽煙捲也可以說是我命中所注定了的，因為由十歲起，我便看慣了它的一種變相的廣告，畫片。

說詠諧

大概，詼諧的本質，與格吱的，它們頗是相似。

這一次，我在一家理髮店裡，有理髮匠替我搥背凝骨，凝到腰上的時候，我忍不住的笑出來了。後來，我一想，民間有一種俗話，說是怕格吱的男人都是怕老婆的；肉體上的刺激與反應既然是無由避免，於是，我便不得不教理髮匠停止了他的凝骨。普天下的男人，雖說是沒有一個不怕老婆的，不過，他們絕不肯透漏出此中的消息來，因之，道貌岸然的，他們，至少，要裝扮成一個若無其事的模樣。我們，對於那種直接的或是間接的有損於自我的尊嚴的詼諧，也是採取著同樣的處置。

天幸的有一種男人，那種不怕格吱的……這種人究竟存在與否，我實在是懷疑。以常理來測度，能忍住的男人是很多，至於完全能以格吱了不笑的男人，那恐怕是不會有的。

一定便是為了這個緣故，劇本內不常見有詼諧——諷刺的大前提——的成分，而小說內卻是不少，甚至於，有的整部都是詼諧的成分。詼諧而一下轉成了諷刺，即使是泛指的，都已經是有損於自我的尊嚴：尤其是，忍不住的又笑了出來，這個更是可以教自我由羞而惱的在家裡看小說，總不會有外人來窺破這種損己的祕密，並且，人的那種大生得需要詼諧的本性也可以憑此而發泄了。

說自我

抓著這枝筆的手——自然是右手了，雖說不比吃飯，那是一定得要用口的，左手也可以寫得字，不過，習慣教我從小起就用右手來寫字了，並且話還是一樣的說得。沸騰在這腦中的思想——也並不像愛倫．坡那樣說的，文章先已經都打成了腹稿，接著才去把它抄錄下來；只是一時間忽然意識到，這是一篇文章了，便提起筆來寫下去，並不曾預計到內容將要是怎樣的，只是憑賴了這一念之萌，就把這篇文章的將來交付進了它的手裡。這隻手與這一片思想，它們便是現在的自我。

記得也在許多的時候，曾經為了後來的運用而貯藏過一些材料在這個頭顱裡，不過，就了自覺的一方面說來，那些材料都還不曾使用過……至少，是並不曾像當時所想像的那樣去使用過。我也可以預料到，將來自己再看這篇文章的時候，這創作過程中所感覺到的這一點心頭的美味，仍然會復活起來；並且，有時候，還會發生一點驚訝與自喜。

這一個孱弱、矛盾的自我，客觀的看來，它是多麼渺小，短促，無價值；不過，主觀的看來，它卻便是一個永恆只一個寶貝，一個納有須彌的芥子了。

它簡直就是一個國家。

在它的國度之內，有主人，有僕人；也有戰爭，和解。如其這顆心並不是我自己的，我真不知道要怎樣的去妒忌它：因為，這個國度之內的樂趣都是「江漢朝宗」於它了。腦筋裡思想，因了思想而獲得的快樂，它是被心去享受了；肚子的命運似乎好一點，因為，在飢餓著的時候，它偶爾也能夠感覺到一種暫時的樂趣——這種樂趣，與出遊了好久以後回家來吞冷茶的那時候所感到的樂趣，恰好是一樣。

《新生》的第一篇十四行裡說，詩人看見自己的心被克去了，這或者便是它的報應。

它實在是過於自私了。不說這整個的軀體都是無晝無夜的在供給它以甜美的螫刺；便是在這個軀體與其他的軀體，抽象的或是具體的，發生接觸之時，我，在毀壞、苦痛其他的自我之中，尋求到快樂，也有的在創造、愉悅其他的自我之中；客觀的說來，自然是後一種好，不過，主觀的說來，兩種的目標便只是一個。

自我的心便是國家的銀行。

科學，哲學，等於腦；宗教，藝術，等於心。

說說話

我是一個口齒極鈍的人，連普通的應酬我都不能夠對付，所以，我對於說話說得極多並且極為伶俐的人是十分的羨慕。好像手工、圖畫這兩樣，我從前在學校裡面讀書的時候，十分的羨慕著那些成績優美的同學那般。

灑掃，應對，這本是古訓裡所說的一種兒童所應受的教育；在近三十年左右的家庭之內，灑掃這一項家庭教育的項目似乎是已經普遍的廢除了，至於應對，大人也不過在說錯了的時候，提撕一句；在說得不好的時候，嘆一口氣；或是灰心了的不作聲；他們並不每天劃出若干時刻來教授兒童以「應對」這一種課程，或是聘請一個家庭教師來教授，或是用了家長的名義向學校方面要求著在學校課程內增加這一種課程。於是，說話我便從小不會了。其實，即使是學校內有「應對」這一種課程，我也不見得能夠學的好——不見手工、圖畫，我是成績那麼拙劣麼？

大概，說話時候所須注重的第一點是，從何說起。照例的寒暄，這已經是難於開口了，因為它頗有一點像學校裡面國文班上所出的題目，這題目的範圍之內所可說的話差不多早已經被旁人說完了，要想推陳出新，絕不是一件容易事。至於，由寒暄進而作寬泛的談話，那簡直是我所害怕的，好像從前在中學的頭幾年裡我怕學期、學年的大考那樣。不曉得對談的人愛聽的是那一種話；即使曉得了，自己也多半不見得能夠在這一方面搜尋枯腸可以搜尋得一些——不說許多——談話的資料來。面對面的僵坐著，終究不是事，於是，急忙之內，我便開口說話了……不幸，我所說的話恰巧是對談的人所不愛聽的，甚至於，他所認為是存心得罪的。這簡直是糟糕！因為，已經是僵窘的對話，如今又加添了一種意氣的成分進去了。這個，在一個不善辭令的人處來，是最難受的了，反報麼，間接的便實證了適才所無心吶出的話是有意的；不反報麼，未免有失身分；解釋麼，一個不會說話的人要想解釋一句失言，我經驗的知道，是不僅無補，並且會增加誤會的。那麼，只好不作聲了。這個，並不見得能把嚴重的局面緩和下去。因為，這時候的面部表情，如其是沉悶的，對談的人可以測想為臆怪；如其是和悅的，對談的人又可以測想為在肚裡暗笑。

模稜兩可，這是說話時候所須注重的第二點。人世僮的是要怎麼變化的。要是說出了一句肯定的話來，而事情的轉變並不是像肯定的那樣，這時候，曾經聽見了這句話的人未免是要對於說者的判斷力發生懷疑了。這個，在社會上，是極為有損於說者的。所以，一個人要是想不在這一方面吃虧，最好是在說話的時候不著邊際；如此，事情無論是怎麼收場，這模稜兩可的話，雖然不見得是說中了，至少是沒有說錯。還有一層。人與人之間，在多種的情境內，是不能夠說直話的；撒謊既不是一件社會上所容許的事情，那麼，便只好把話說得令人難以捉摸了。

空洞無物，這是說話時候所須注重的第三點。一個人與一個人見了面，談起話來，這一番對話，當然的，是集中於一件事情之上了。這件事情，過去的情形怎樣，將來會怎樣，現在對話時候是要這樣的去接近，這些，在每個對話者的胸內，差不多都已經有了一個譜子；既然如此，在本題之上，便不需要作文章，只要旁敲側擊，借了一些題外的話來達意，也就夠了。喜歡繞彎子，或許是人的一種生性，因為繞彎子是有玄祕的色彩，藝術的色彩的。

面部表情，這是說話時候所須注重的第四點。譬如說，你現在說出了一句想起來是極為滑稽的話來，這時候，你的面部表情應當是嚴肅的，因為，那樣，教聽者在事後回想起來，會更覺得有趣。又譬如說，你說挖苦的話，便應當在面部呈露出一種和藹可親的模樣；那樣，聽者，如其不是十分聰明的，便不會立刻悟出你是在挖苦他，你既然可以逃避去當場的反報，又可以讓他在事後尋思，悟出來了的時候，去飽嘗那一種自羞自悔的酸滋味。

這些便是一個不會說話的人對於說話這種藝術的觀察。或許天下居然會有人，跟我一樣的拙於辭令，那麼，這一番的說話，不能說是有什麼幫助，只能說是，讓他看了，可以與我同發一聲慨嘆，會說話的人真是天生的，人為不了。

想入非非

——賈寶玉在出家一年以後

去尋求藐姑射山的仙人自從寶玉出了家以來，到如今已是一個整年了。從前的脂粉隊，如今的袈裟服；從前的立社吟詩，如今的奉佛誦經……這些，相差有多遠，那是不用說了。卻也是他所自願，不必去提。

只有一樁，是他所不曾預料得到的。那便是，他的這座禪林之內，並不只是他自己這一個僧徒。他們，恐怕是只有很少的幾個人，像他這般，是由一個飽嘗了世上的聲色利欲的富家公子而勘破了凡間來皈依於我佛的。從前，他在史籍上所知道的一些高僧，例如達摩的神異，支遁的文采，玄奘的淹博，他們都只是曠世而一見的，並不能以在任何地方，任何時候都遇到。他所受戒的這座禪林，跋涉了許久，始行尋到的，自然是他所認為最好的了。在這裡，有一個道貌清癯，熟諸釋典的住持；便是在聽到過他的一番說法以後，寶玉才肯決定了：在這裡住下，剃度為僧的。這裡又有靜謐的禪房可以習道；又有與人間隔絕的勝景可以登臨。不過，喜怒哀樂，親疏同異，那是誰也免不了的，即使是僧人，像他這麼整天的只是在忙著自己的經課，在僧眾之間是寡於言笑的，自然是要常常的遭受閒言冷語了。

黛玉之死，使得他勘破了世情的，到如今，這一個整年以後，在他的心上，已經不像當初那麼一想到便是痛如刀割了。甚至於，在有些時候——自然很少——他還曾經納罕過，妙玉是怎麼一個結果：她被強盜劫去了以後，到底是自盡了呢，還是被他們攔擋住了不曾自盡；還是，在一年半載，十年五載之後，她已經度慣了她的生活，當然不能說是歡喜，至少是，那一種有潔癖的人在沾觸到下潔之物那時候所立刻發生的肉體之退縮已經沒有了。

雖然如此，黛玉的形象，在他的心目之前，仍舊是存留著。或許不像當時那樣顯明，不過依然是清晰的。並且，她的形象每一次湧現於他的心坎底層的時候，在他的心頭所泛起的溫柔便增加了一分。

這一種柔和而甜蜜的感覺，一方面增加了他的留戀，一方面，在靜夜，檐鈴的聲響傳送到了他的耳邊的時候，又使得他想起來了煩惱。因為，黛玉是怎麼死去的？她豈不便是死於五情麼？這使得她死去了的五情，它們居然還是存在於他——寶玉的胸中，並且，不僅是沒有使得他死去，居然還給與了他一種生趣！

在頭半年以內，無日無夜的，他都是在想著，悲悼著黛玉。這是很自然的事情。半年快要完了的時候，黛玉以外的各人，當然都是女子了，不知不覺的，漸漸的侵犯到他的心上，來占取他的回憶與專一。以至於到了下半年以內，她們已經平分得他的思想之一半了。這個使得他十分的感覺到不安，甚至於，自鄙。他在這種時候，總是想起了古人的三年廬墓之說……像他與黛玉的這種感情，比起父母與子女的感情來，或者不能說是要來得更為濃厚一些，至少是，一般的濃厚了；不過，簡直談不上三年的極哀，也談不上後世所改制的一年的，他如今是半年以後，已經減退了他的對於黛玉之死的哀痛了。他也曾經想過各種各樣的方法，要使得他的心內，在這一年裡面，只有一個林妹妹，沒有旁人——但是，他這顆像柳絮一般的心，漂浮在「悼亡」之水上的，並不能夠禁阻住它自己，在其他的水流匯注入這片主流的時候，不去隨了它們所激盪起的波折而迴旋。

天長地久有時盡，
此恨綿綿無盡期。

這兩句詩，他想，不是詩人的誇大之辭，便是他自己沒有力量可以做得到。在這種時候，他把自己來與黛玉一比較，實在是慚愧。她是那麼的專一！也有心魔，在他的耳邊，低聲的說：寶釵呢？晴雯呢？她們豈不也是專一的麼？何以他獨獨厚於彼而薄於此？並且，要是沒有她們，以及其他的許多女子，在一起，黛玉能夠愛他到那種為了他而情死的田地麼？

他不能否認，寶釵等人在如今是處於一種如何困難，傷痛的境地；但是，同時，黛玉已經為他死去了的這樁事實，他也不能否認。他告訴心魔，教它不要忽略去了這一層。

話雖如此，心魔的一番誘惑之詞已經是漸漸的在他的頭顱裡著下根苗來了。他仍然是在想念著黛玉；同時，其他的女子也在他的想念上逐漸的恢復了她們所原有的位置。並且，對於她們，他如今又新生有一種憐憫的念頭。這憐憫之念，在一方面說來，自然是她們分所應得的；不過，在另一方面說來，它便是對於黛玉的一種侵奪。這種侵奪他是無法阻止的，所以，他頗是自鄙。

佛經的諷誦並不能羈勒住他的這許多思念。如其說，貪嗔愛慾便是意馬心猿，並不限定要作了貪嗅愛慾的事情才是的，那麼，他這個僧人是久已破了戒的了。

他細數他的這二十幾年的一生，以及這一生之內所遭遇到的人，賈母的溺愛不明，賈政的優柔寡斷，鳳姐的辣，賈璉的淫等等，以及在這些人裡面那個與他是運命糾纏了在一起的人，黛玉——這裡面，試問有誰，是逃得過五情這一關的？人世間的悲歡離合，無一不是五情這妖物在裡面作怪！

由我佛處，他既然是不能夠尋求得他所要尋求到的解脫，半路上再還俗，既然又是他所吞嚥不下去的一種屈辱，於是，自然而然的，他的念頭又向了另一個方向去希望著了。

莊子的《南華真經》裡所說的那個藐姑射山的仙人，大旱金石流而不焦，大浸稽天而不溺，那許是莊周的又一種「齊諧」之語，不過，這裡所說的「大旱」與「大浸」，要是把它們來解釋作五情的兩個極端，那倒是可以說得通的。天下之大，何奇不有？雖然不見得一定能找到一個真是綽約若處子的藐姑射仙人，或許，一個真是槁木死灰的人，五情完全沒有了，他居然能以尋找得到，那倒也不能說是一件完全不可能的事體。

他在這時候這麼的自忖著。

本來，一個尋常的人是絕不會為著鍾愛之女子死去而拋棄了妻室去出家的；賈寶玉既然是在這種情況之內居然出了家，並且，他是由一個唯我獨尊的「富貴閒人」一變而為一個荒山古剎裡的僧侶的，那麼，他這樣的異想天開要去尋求一個藐姑射仙人，倒也不足為奇了。

由離開了家裡，一直到為僧於這座禪林，其間他也曾跋涉了一些時日。行旅的苦楚，在這一年以後回想起來，已經是褪除了實際的粗糙而渲染有一種引誘的色彩了。靜極思動，乃是人之常情。於是，寶玉，著的僧服，肩著一根杖，一個黃包袱，又上路去了。

我的童年

一　引言

如今，自傳這一種文學的體裁，好像是極其時髦。雖說我近來所看的新文學的書籍、雜誌、附刊，是很少數的；不過，在這少數的印刷品之內，到處都是自傳的文章以及廣告。

這也是一時的風尚。並且，在新文學內，這些自傳體的文章，無疑的，是要成為一種可珍的文獻的。

從前，先秦時代的哲理文，漢朝的賦，唐朝的律詩、絕句，五代與宋朝的詞，元朝的曲，明朝的小品文，清朝的訓詁，這些豈不也都是一時的風尚麼？《論語》、《孟子》、《莊子》之內，那些關於孔丘、孟軻、莊周的生活方面的記載，只能說是傳記體裁的。它們究竟有多少自傳的性質，在如今，我們確是難以斷言。

以著作我國的第一部正式歷史的人，司馬遷，來作成我國的第一篇正式的自傳，〈太史公自序〉，這可以說是最自然不過的事情。當然，他的那篇〈自序〉，與我們心目中所有的關於自傳這種文學體裁的標準，是相差很遠的。

不過，由他那時候起，一直到清朝，我國的自傳體文，似乎都是遵循了他的〈自序〉所採取的途徑而進行的。

在新文學裡面，來寫自傳體文，大概總存有兩個目標，指引後學與撫今追昔。後學可以是自己的家人、學生，也可以是自己所研究的學問之內的後進，也可以是任何人。

我是一個作新詩的人。雖說也有些人喜歡我的詩，不過要說是，我如今是預備來作一篇詩的自傳，指引後學，那我是絕不敢當的。至於我的一般的生活，那只是一個失敗，一個笑話——就作詩的人的生活這一個立場看來，那當然還要算是極為平凡；就一般的立場看來，我之不能適應環境這一點，便可以被說是不足為訓了。

要說是撫今追昔，那本來是老年人的一種特權；如今，按照我國的算法，我不過是一個三十歲開外的人。

不過，文學便只是一種高聲的自語，何況是自傳體的文章？作者像寫日記那樣來寫，讀者像看日記那樣來看。就是自己的日記，隔了十年、二十年來看，都有一種趣味——更何況是旁人的日記呢？並且，文人就是老小孩子，孩子脾氣的老頭子；就他們說來，年齡簡直是不存在的。

二　舊文學與新文學

記得我之皈依新文學，是十三年前的事。那時候，正是文學革命初起的時代；在各學校內，很劇烈的分成了兩派，贊成的以及反對的。辯論是極其熱烈，甚至於動口角。那許多次，許多次的辯論，可以說是意氣用事，毫無立論的根據。有人勸我，最好是去讀《新青年》，當時的文學革命的中軍，是劉半農的那封〈答王敬軒書〉，把我完全贏到新文學這方面來了。現在回想起來，劉氏與王氏還不也是有些意氣用事，不過劉氏說來，道理更為多些，筆端更為帶有情感，所以，有許多的人，連我也在內，便被他說服了。將來有人要編新文學史，這封劉答王信的價值，我想，一定是很大。

大概，新文學與舊文學，在當初看來，雖然是勢不兩立；在現在看來，它們之間，卻也未嘗沒有一貫的道理。新文學不過是我國文學的最後一個浪頭罷了。只是因為它來得劇烈許多又加之我們是身臨其境的人，於是，在我們看來，它便自然而然的成為一種與舊文學內任何潮流是迴不相同的文學潮流了。

它們之間的歧異。與其說是質地上的，倒不如說是對象上的。

三　作小說

這還是十一二歲時候的事情。

那時候，在高小，上課完了以後，除去從事於幼年時代的各種娛樂以外，便是亂看些書。在這些書裡，最喜歡的便是俠義小說。記得和一個同班曾經有過一種合作一部《彭公案》式的俠義小說的計畫；雖說彼此很興奮的互相磋商了許多次，到底是因為計畫太大了。沒有寫……在那個時候，我們兩個都是不出十四歲的少年。

除了舊小說以外，孫毓修所節編的《童話》也看得上勁。一定就是在這些故事的影響之下，我寫成了我的第一篇小說創作。如今隔了有十七年左右，那篇，不單是詳細的內容，就是連題目，我都記不清楚了，彷彿是說的一隻鸚鵡在一個人家裡面的所見所聞。

以後，也曾經想作過〈桃花源記〉式的文章，可是屢次都沒有寫成。

在新文學運動的這十幾年之內，小說雖是看得很多，也翻譯了一些短篇，不過這方面的創作卻是一篇也沒有。

據我看來，作小說的人是必得個性活動的，而我的個性恰巧是執滯，一點也不活動。

一定就是為了這個緣故，我在編劇、演劇兩方面也失敗了。

在十二三歲的時候，和兩個同班私下裡演劇；準備，化裝，排演，真是十分熱鬧——其實，那與其說是演劇，還不如說嗆猛妗在這一次的排演裡面，我還記得，我是扮的一個女子。七年以後，學校裡面正式的演劇，我由一個女子而改扮一個老太婆了！

扮演老太婆的那次，我是一個失敗的。一上了劇臺，身子好像是一根木棍；面部好像是一個面具；背熟了的劇詞，在許多時刻，整段的不告而別。居然有一個先生，他說我的老太婆的臺步走得還像，也不知道他是安慰我，還是確有其事；因為，我的行步的姿態向來是極不優美的，身材不高而腳步卻跨得很遠，走路之時，是匆忙得很——我彷彿是對於四肢並沒有多少筋節的控制力那樣。至於我的兩條臂膀，在走路的時候，摔出去很遠，那更是同學之間的一種談笑資料。

有時候，我勉強還可以演說，不料演劇的時候，居然是一塌糊塗到那種田地。這或者與我所以有時候可以寫些短篇小說性質的小品文而卻作不了短篇小說，是根源於同一種性格上的缺陷。

周啟明所譯的《點滴》，裡面有一些散文詩性質的短篇小說；那一種的短篇小說，我看，或許便是像我這樣性格的作詩的人所唯一的能作得了的。

四　讀書

我是六歲啟蒙的；家裡請的老師；第一部書是讀的《龍文鞭影》。只記得這是一部四字一句的韻文史事書籍——關於它，我現在已經不記得其他的內容了。

書房在花園裡；花園的那邊是客廳。書房前面的院子裡，有一個亭子。老師大概是一個舉人。我還記得，他在夏天裡，是穿著一件細竹管編成的汗褂。

背不出書來，打手心的事情，大概是有——不過現在我是已經忘記了。只記得，有一次，那是讀完了《龍文鞭影》以後，讀《詩經》的當口，我不知道是那一頁書，再也背不出來，老師罰我，非得要背出來，才放我下學。只剩下我一個人，在書房裡面；聽見自己的聲音，更加傷心，淌眼淚。大概是到底也沒有背得出來，有家裡大人討保放我下學了。

十幾年以後，我每逢想起《詩經》這一部書的時候，總是在心頭逗引起了一種淒涼的情調，想必便是為了這個緣故。

八九歲，讀完了《四書》，以及《左傳》的一小部分。就是在這個時候，學著作文了。

這是在離家有幾里遠的一個書館裡的事情。有一次，只剩下我一個人在館裡，心裡忽然湧起了寂寞，孤單的恐懼，忙著獨自沿了路途，向家裡走去……

這裡是土地廟與廟前的一棵大樹與樹下的茶攤，這裡是路旁的一條小河，這裡是我家裡田畝旁的山坡，終於，在家裡前院的場地上，看見了有莊丁在那裡打穀，這時候，我的心便放下了，舒暢了。

我的蒙館生活是在十歲左右終止的。

我在學校生活的期間，在小學，在大學期間，都曾經停過學。在一個工業學校的預科裡面讀過一年書。在青年會裡讀過英文。

說起來很有趣味：我後來又有機會看到我在工業學校裡所作的一篇〈言志〉課卷，那裡面說，將來學業完成了，除去從事於職業以外，閒暇的時候，要作一點詩，讀一些詩文——這詩，不用說，是舊詩的意思；這詩文，不用說，也是舊詩文的意思。

在工業學校裡，教國文的先生是豪放一派的；他喜歡喝酒，有一個酒糟鼻子，魏禧的〈大鐵椎傳〉是他所特別讚頌的一篇文章。

後來，我又有過一個國文先生，有「老虎」之稱；不過他謹飭些。便是在他的課堂上，在自由交卷的時候，我學著作新詩。雖說他是一個舊學者，眼光倒還算是開明的，對於我的新詩課卷，並不拒絕。

聽說他，像教我《四書》，《左傳》的那個書館先生那樣，結局很是潦倒。

我讀書，是絕不能按部就班的。課本，無論先生是多麼好，我對於它們總不能感覺到一種特殊的興趣，便是那種我自己讀我自己所選讀的書籍，那時候所感覺到的興趣。

大概，書的種類雖然是數不盡的多，不過，簡單的說來，它們卻只有兩個。它們便是，不得不讀的，以及自己愛讀的書籍。由報紙一直到學校內的課本，就是不得不讀的書籍。至於自己愛讀的書籍，那就要看「自己」是誰了。譬如，我是一個作文、教書的人，我自己所愛讀的書，要是與一個工程師所愛讀的來對照，恐怕是會大不相同的。不過，普天下的大我，它卻是有一種書籍絕無不愛讀之理的；那一種便是小說。

我也是一個人，當然逃不出這定例。十二歲到十四歲，愛讀俠義小說。十五歲左右，愛讀偵探小說。二十歲左右，愛讀愛情小說。

俠義小說的嗜好一直延續到十幾年以後，英國的司各德，蘇格蘭的史蒂文生，波蘭的顯克微支，他們的俠義小說，我為了慕名、機緣等的緣故，曾經看了不少；實在是愛不忍釋。

司各德各書，據我所看過的說來，它們足以使我越看越愛的地方，便是一種古遠的氛圍氣，以及一種家庭之樂。家庭之樂這個詞語，用來形容這些小說之內的那一種情調，驟看來或許要嫌不妥當，不過，仔細一想，我卻覺得它要算是我所能找到的唯一的妥當的摹狀之詞了。這一種家庭之樂的情調，並不須在大團圓的時候，我簡直可以獨斷的說，是由開卷的第一字起，便已經洋溢於紙上了。或許，作者所以能永遠留念於世人的心上的緣故，便在於他能夠把這種樂居的情調與那種古遠的氛圍氣有機的融合史蒂文生的各部小說之內，我最愛讀的一部是 *The Master of Ballantrae* 這篇長篇小說，與作者的一篇中篇小說，*Dr. Jekyll and Mr. Hyde* 以及一篇短篇小說《馬克漢》，在精神上，似乎有孿生的關係。這三篇文章，我臆斷的看來，或許便是作者對於他在一生之內所最感到興趣的那個問題的一個敘述與分析。

顯克微支的人物創造，Zagloba，與莎士比亞的 Falstaff 同屬於一個人物類型，而並不雷同。

上舉的各種俠義小說，有些可以叫做歷史小說、心理小說，以及其他的名字；各書之內，除去俠義之部分以外，還有言情，社會描寫等等成分。這實在是一切小說的常例。因為小說，與生活相似，是複雜的。小說之能引起共同的愛好，其故亦即在此。

偵探小說，我除去柯南道爾的各部著作以外，看的不多。至於他的各部偵探小說，中譯本我是差不多全看完了，在十五歲的時候，原文本我也看過一些，在二十五歲的時候。年齡的增加並不曾減退過我對於它們的愛好。

至於言情小說，我只說一部本國的，《紅樓夢》。這部小說，坦白的說來，影響於人民思想，不差似《四書》、《五經》。胡適之關於本書的考證，只就我個人來說，並不曾減少了我對於本書的嗜好；潛意識的，我個人還有點嫌他是多事。這是十年前，我在看亞東圖書館本的《紅樓夢》那時候所發生的感想。至於這十年以來，整年的忙著受課，教書，謀生，並不曾再看過這部小說。我看我將來也不會教到「中國小說」這種課程，所以，我只有把十年前的那點感想坦白的說出來；至於本書的評價，那自然有在這一方面專門研究的人可以發言。

杜甫的詩我是愛讀的。不過，正式的說來，他的詩我只讀過兩次；並且，每次，我都不曾讀完。第一次是由《唐詩別裁集》裡讀的，個選輯，第二次是讀了，熟誦了全集的很少一部分，第三次是上「杜詩」課，第四次是看了全集的一大半。十五歲以後，喜歡杜詩的音調；二十歲左右，揣摹杜詩的描寫；三十歲的時候，深刻的受感於杜的情調。我買書雖是買的不多，十年以來，合計也在一千圓以上，比上雖是差的不可以道裡計，比下卻總是有餘；說起來可以令人驚訝，便是，杜詩我只買過石印一部，要是照了如今我對於杜詩的愛好說來，一買書，我必定會先把習見的各種杜詩版本一起買到。

只要是詩，無論是直行的還是橫行的，只要是直抒情臆的詩，無論作得好與不好，我都愛。愛詩並不一定要整天的讀詩。從前，在十八歲到二十歲的時候，曾經有過幾個時期，我發過呆氣，要除去詩歌以外，不讀其他的書籍；現在回想起來，倒覺得有趣——不過，或許，我現在之所以能寫成一點詩，我的詩歌培養便是完成於那幾個時期之內。我是一個愛讀詩，愛作詩的人，而在我所購置的已經是少量的一些書籍之內，詩集居然是更少；這個，說給那些還喜歡我的新詩而並不與我熟識的讀者聽來，他們一定是會詫異的。

我曾經作過一首題名荷馬的十四行，算是自己所喜歡的一些自作之一……其實，這個希臘詩人的兩部巨著，我只是潦草的看過，並不曾仔細的研究一番。在我寫那首詩的時候，並不曾有原文的節奏、音調澎湃在我耳旁，我的心目之前只有 *Elson Grammar School Reader* 裡面的這兩篇史詩的節略。這個，說出來了，一定會教讀者失笑的，如其他是一個一般的讀者；或是教他看不起，如其他是一個學者。

我是一個極好讀選本的人。選本我可讀了又讀，一點也不疲倦；至於全集，我雖說在各方面也都看過一些，不過，大半，我只是匆促的看過一遍，就不看第二遍了。社甫與莎士比亞是例外。這兩個詩人，讀上了味道，真是百讀不厭；從前，現在的無窮數的讀者所說的話，我到現在已經懇切的感覺到，並非人云亦云的一種慕名語，我並且自己的欣幸，我現在已經達到了一個可以真誠的，深切的欣賞他們的詩歌的時期。他們的確是情性之正聲。

說到不得不讀的書籍，我是一個度過了二十年學校生活的人，當然，它們是課本了。在學生時期之內，我對於課本，無論是必修科還是選修科，是很不喜歡讀的。現在回想起來，教育與生活一樣，也是一種人為的磨練……我當初既是不能適應學校的環境，自然而然的，到了現在，我也便不能適應社會的環境了。

我真是一個畸零的人，既不曾做成一個書呆子，又不能作為一個懂世故的人。

投考

他已經考取了高小一年級。

這是一個師範的附屬小學校，在本城的小學之內，算是很好的。只要國文、英文、算術這三門裡面，有一門考及了格，便可以錄取入學，他是考國文錄取了的。

投考的時候，他是坐人力車去的。在車上，他的一顆心忐忑不安。平時，坐車子本來是一件快樂的事，因為，坐車與走路的速率不同，一個孩童對於這個是敏感的——風迎了面吹來，那愉快的感覺，真不亞似在熱天，老女工給他洗了一個澡以後，他坐在床上撫摩四肢、胸、腹在那時候所發生的那種愉快的感覺。可是，這一天，他只在腦筋裡記掛著那個怕它來又要它快完的考試。身外的一切，他都忘記了，除去那個布包，裡面放著筆墨，他用了一雙出汗的手緊握住的。他也沒有心思，像平常坐車子的時候那樣，去看街道兩旁的店鋪、房屋了。

是一個長輩帶領著他來應試。一聲「停下！」的時候，他在心裡震動了一下，發見了車子停住在一條柳樹沿著小溪的路邊，面前便是學校的大門。他下了車。這校門，門上的鐵楣他要把頸子仰得很高才能望見的，門旁排的校名直匾就他看來是字寫得巨大而觸目動心的，頗像是他的心目中的一個學校老師，凜凜的。校門內，一條寬敞，平坦的道路直達附屬小學校的校門。

他在家裡讀過書，在鄉塾裡讀過書；至於踏進學校的門，這還是第一次。這是一個與家館，與鄉塾迴不相同的地方。這條路是多麼清淨，整齊；路左邊的柳樹是多麼碧綠，苗條；路右邊的師範屋牆是多麼高大，莊嚴！雖說學校裡是要與許多素不相識的同學一起上課，讀一些素來不知為何的書籍，他是很想考入這個學校的。他很想每天在這條路上走過，在上學，下學的時候，有很多也是來投考的人，跟著大人，從他的身邊過去。看來，他們是若無其事的；並且，他們是那麼絡繹不絕的……這個，使得他的那顆已是慌亂的心更加慌亂了。有幾個，大概是舊生，引領著兄弟或者親戚來投考的，一路上談談笑笑；他頗是羨慕他們。

他在家館裡所讀的書早已忘記了。倒是在鄉塾裡所讀的《四書》，為了預備考這個學校的緣故，他曾經溫習過。他，又在大人的督促之下，讀了一點《古文觀止》。至於作文，在鄉塾裡開了筆的，這幾個月以來，他也做了一些功課；大人都還說是做得不錯。他很喜歡看那些加在他的文課旁邊的連圈;它們頗為使他覺得自傲,他希望,這次考試裡面他所作的文章,學校老師也能夠在上面加一些連圈。不過,題目是那麼多,知道學校老師是要出那一個呢?要是出一個他所曾經做過的題目,他想,那就容易了。他可以定下神來回想他的原稿;要是時刻來得及,他還可以多加上一些文章進去。只要說得很多,老師一定是喜歡的。最重要的一層是,不要寫錯了字,寫別了字。他在走進附屬小學校的校門的時候,心裡這麼想著。可是,萬一出的是一個他所不曾做過的題目呢……

蟬聲在柳樹上喧噪著。他想起來了,家旁一口塘的岸邊,也有蟬聲在柳樹的密葉裡,不過,與這裡的似乎不同,這裡的似乎帶著有抽噎的聲音,不像塘岸上的那麼熱鬧,那麼自在。

帶領著他來這裡的長輩在問門房。

他挾著布包,跟在後面。這布包裡有一枝筆,一個墨盒;墨盒是大人特為給他帶來作考試之用的。他很怕墨盒裡漏出了墨來,那時候,便是他所穿的那件新單袍子都要弄髒了。當了老師，許多同伴的面，那未免是太難堪了。

他在走過一條廊。廊的左邊是淡青色的牆壁，上面有瓦花窗；右邊是一排膽色的廊柱，廊柱以外便是學校的操場，操場上有一些體育的設備，他並不知道名字，他很情願在它們的上面玩耍，可是他又有一點害怕。

廊與操場的那頭，是一排滿是玻璃窗的教室。這不像家館的書房，因為老師就是睡在那書房裡；這又不像鄉塾的書房，因為那就是堂屋，並且沒有這麼多的窗子。教室裡的設備是完全異樣的。他覺得有趣——他極其想考進這個學校。他把布包打開了，看見墨盒裡的墨汁並不曾漏了出來，他的心裡寬暢了。

他的長輩去了會客室，留下他一個人在這裡。

已經有一些同伴在教室裡，等候著考試；不過，他並沒有與他們之內的任何人交談，一則認生，二則不知道能否考取，他沒有勇氣去與他們談話，三則他在納悶著，老師是要出怎麼一個題目。

等得不耐煩了。他打開盒來，蘸筆，在帶來的紙張上寫字。他的手有一點顫抖。他不寫字了；複誦著前幾天所讀的一篇古文。複誦了有一半，便梗住了，在第一天複誦時候所梗住的那個地方；再也想不起下文來。

便是這時候，監考的老師進來了。他看見同試者都站了起來，在老師上了講壇的時候，行一鞠躬禮，再坐下，他也跟著照樣作了。他向老師望了一眼，似乎是心裡慚愧，不知道這種儀節，又似乎是心虛，適才的那篇文章沒有複誦出來……還好，老師並沒有向他看。

老師，沿了前排的座位，在分散著試題。他焦急的等候著。他很懊悔，進來教室的時候，為什麼要靠了門坐上這一排的最末一個座位，為什麼不去那邊，坐在那邊外面一排的第一個座位上，因為，那樣，他便可以第一個接到試題，趕早作文了。

一張油印的試題，帶著一張打稿子的紙，與試卷，由前桌的同試者交給了他。是一個他所不曾做過的題目。不過，還不算是頂難。他把試卷放進抽屜裡去了，怕的打草稿的時候，一不當心，會在那上面沾了墨漬。

他看見同試者有許多是用鉛筆在打草稿，那是快得多了，他想；所以，他很反悔，為什麼不把家裡給他買的那枝鉛筆帶來。不過，再一想，鉛筆斷了鉛的時候，削起來是費事的，他又心裡輕鬆了。

老師的腳步聲過來過去個不停，除此以外，只聽見紙張的聲，與偶爾的一聲抽屜響。

……會客室在那裡呢——他一邊打著草稿，一邊這樣的想——交了卷以後，他怎麼去他的會客室見他呢？好在現在他並不是一個人在這裡，也用不著去愁會客室是在什麼地方，他想，他的文章一定會作得很好。他在想家了。

草稿雖是不算十分滿意，為的怕時候不早了，來不及謄清，他便只得從抽屜裡面去取出試卷來。一句，一句的抄，那是很吃力的一件事，因為他想把文章抄得很工整，並且一個字也不錯，而他的小楷卻是寫得極慢，極不好的。老師從他面前走過去的時候，他的手動了一動，想著把他的文章掩蓋起來；並且，臉忽的紅了，心勃勃的跳得厲害。他以為老師是在看他的那一段自己頗是得意的文，心裡有一點自傲。老師在他的一旁站了很久。他所坐的座位；加上他那種慌張的神情，著實是可疑的——不過，他自己並不覺得，他並不知道老師守望了許久是為的這個。

已經有幾個人交卷了。這時候，他的文章也已經抄得只剩一兩行了。他的心裡寬暢了下去。同時，他反悔，早知道是如此，何以不把文章作得長一點呢？已經謄好了，它是難得再加的。

不過，為了心裡已經不慌亂的緣故，他的神智清醒了：他可以慢慢的謄抄著剩餘的文章，等候著下一個交卷的人，一同出教室，那樣，會客室便不愁找不到了。

他到了會客室。他的長輩向他要草稿看。那個，他並沒有帶出來，是被他放在試卷裡面，一起交進去了，這是他的糊塗之處，因為，他既是在等候著旁人交卷，他應當是會知道旁人是把草稿給帶走的。多麼不幸的事情！

他不能知道，試卷究竟是作得如何，它究竟能否教他考入這個學校！

他走過長廊的時候，向著教室、操場望了一眼；他那顆心裡的一種滋味是異樣的。

門外的蟬聲十分喧噪,這是一個熱悶的下午。他很想到塘邊去拋瓦片。不過,他還是坐車回去的。

文藝作者聯合會

文學這種工作可算得最自由了；凡是「心之所之」的話都盡可以說得。不過話說出去以後，是要人聽的。話要是說得有理，說得好，那就必得求其理與好傳到可能的最多數之中去。這裡有一層困難，便是，說話的人太多了，讀者們將要何捨何從呢？倘若能設立「文藝作者聯合會」，會中有大家信仰的批評者組織起來一個新書審薦委員會，在機關月刊上評薦本月分各文學類別中的佳著，給讀者以指導，那真要算是最圓滿的解決方法了。

文學是一種職業，而同時精神最渙散的又算文人。出版業有了結合，文人卻沒有。作者中的夭亡，不須有的磨難，以及改行，投機等等，固然一部分要怪讀者接受的時間過程較長，一大半還要歸咎於作者全體之無團結力。文人並不一定要參加政治或社會的運動，才能說是「走到十字街頭」；組織一個保護權利，增進公益的團體，使它能遵循了正軌來進行，發展，並且把我國社會中最可恨而最常見的一種現象，傾軋，設法去避免：這正是一班作者的唯一的來表現社會力的途徑。

保障作者的權利方面有對外的與對內的兩種工作。對外上最扼要的一點是稿酬。無論是售權或抽率，都應當按酌一班書籍的銷路以及未來之可能性，訂出一種最低的格例，用聯合會的力量，監察著出版業去踐行。還有稿權的專利，應當明定年限；按照國際的通例，以作者卒後的第三十七年度為專利權的消盡期，並且規定作者的承繼人有承繼此種專利權的權利。這各項擬有具體的計畫書之時，應當向當事的立法機關，行政機關交涉，進行，憑了自身的正義以及輿論的協助，求其定為律法，各方面遵行。

翻譯西書時，如原著的專利權對於工作發生阻礙，可由聯合會代替譯者辦理一切掃除障礙的手續。聯合會到了勢力雄厚之時，並可設立譯事計畫委員會，擬成系統的介紹翻譯他國之文藝名著的計畫，徵選此種工作的健者分別擔任。日本的翻譯事業比我們發達得多，大家不肯作黃種中的牛後，這便是努力的時機了！

介紹我國的新舊文藝到外國去，也應該立為此會的目標之一，到了此會的實力充足了之時，便該立刻籌計出妥善的辦法來進行。

保障權利方面對內的工作是侵襲的預防與懲罰，轉載與採用的條例之規定。

促進公益方面，最重要的事件是失業者的救濟，無名作家的援助，詩歌創作的提倡。文藝作者的性格是最怪僻，執拗的，一句話不投機，或是堅持一種異於流俗的主張，便可以自絕於生路。我所知道的，劉夢葦已經因此犧牲了充滿希望的一生，這樣的悲劇我們絕不可坐看以後再行復演。聯合會成立了，對於這類的失業者便可以推薦作品，或是給與實際的幫助。

小孩子走路，頭一年最苦。初入境的作者，心中那種疑懼，不自信，簡直就是地獄裡的刀山。初期的作品難逃是幼稚的，不滿己意的；加上文稿封寄後那長期的慢得像魯陽揮了戈的守候——比起這種情景來，那求愛的第一書實在算不得什麼。但是，感傷無益，我們要想一個補救的實際辦法！

詩歌之重要，不須多說。何以在世界詩壇上占有極高位置的中國詩歌，到如今連書都不見出版了呢？是寫詩的後人不爭氣？是中國已經變成了那全市沒有公共圖書館的上海？

三百篇中的私情詩

《詩經》中有許多美妙的私情詩，正如《聖經》中有一篇美妙的〈所羅門之歌〉一般，〈所羅門之歌〉為《聖經》注解者所誤解，《詩經》中的私情詩也遭遇了同樣的命運，即如〈邶風〉中的〈柏舟〉明明是一篇極好的「棄婦詞」，就是同〈孔雀東南飛〉比起來也不相後，而注解者偏硬作它是「言仁而不遇也；衛頃公之時，仁人不遇，小人在側！」就中私情詩尤為一班的注家所誤解，他們不僅是《詩經》的罪人，他們並且是孔子的罪人，因為孔子說過的，凡是要使於四方的人必得要讀《詩經》。做使臣的人求能不辱使命，也沒有別的法子，只是在辭令上用心罷了。試問《詩經》中是那一部分能教人善於辭令？試問孔子當時說出那些話的時候，心目中指著是《詩經》中的那一部分？不是那些私情詩嗎？廣義的說來，不是那些情詩嗎？試問不善辭令的人能夠說出「大夫夙退，無使君勞」、「雖則如毀，父母孔邇」、「厭磕行露！豈不夙夜？謂行多露」、「將仲子兮，無逾我裡，無折我樹杞。豈敢愛之？畏我父母」這一類的俏皮委婉的話來嗎？所以我評孔子倒真是一個懂「詩」的人，他是絕不會將純粹的情詩附會到歷史上去，將「仲子」解為「刺莊公也；不勝其母以害其弟，弟叔失道而公弗制，祭仲諫而公弗聽，小不忍以致大亂焉」的；他也是絕不會將情詩附會到極可發噱的事實上去，如解〈鄭風〉的〈子衿〉為「刺學校廢也；亂世則學校不修焉」的。

我們不必在這些曲解的注「詩」家的身上多耽擱罷，且讓我們「攜手同行」去直接鑑賞一些美妙的私情詩。情詩上標明一個「私」字，是縮小範圍的意思，因為《詩經》中還有一種「非私」的情詩，即詠夫妻之情的是，它們也是很多的，如〈周南〉中的〈卷耳〉（一首佳妙的「懷人詩」），〈汝墳〉（一首佳妙的「相見歡」），〈齊風〉中的〈雞鳴〉（一篇佳妙的 Curtain lecture），均是很好的例子。

僅就私情而言，好例子也是極多，如上舉的〈行露〉、〈將仲子〉皆是，又如〈召南．野有死麇〉篇中的

無使尨也吠！

〈邶風‧靜女〉篇中的

> 愛而不見，搔首踟躕。
> 匪女之為美，美人之貽。

——注家解為「衛君無道，夫人無德」！幸虧衛君與夫人皆已去世了！

〈衛風‧氓〉篇中的

> 士之耽兮，猶可說也；
> 女之耽兮，不可說也。

——幾千年後，情形還是照舊！〈鄭風‧山有扶蘇〉篇中的

> 不見子都，乃見狂且！
> 不見子充，乃見狡童！

——明明是幽會時喜極而謔之詞，乃注解家解為「刺忽也；所美非美然！」真

是「所美非美然」！

〈狡童〉篇中的

彼狡童兮，不與我言兮。
維子之故，使我不能餐兮。

——注解家看到這篇詩的時候，毫不遲疑的將「刺忽也」的「萬應膏藥」向上一貼！

〈子衿〉篇中的

青青子衿，悠悠我心；
縱我不往，子寧不嗣音？
挑兮達兮，在城闕兮；
一日不見，如三月兮。

——「刺學校廢也；亂世則學校不修焉！」這學校是唯情學校嗎？

〈溱洧〉篇中的

溱與洧，方渙渙兮；
士與女，方秉蕑兮。
女曰，「觀乎？」士曰，「既且。」
且往觀乎洧之外，洵訏且樂；
維士與女，伊其相謔，贈之以勺藥。

——如今是「贈之以鑽戒」了。

〈唐風·綢繆〉篇中的

子兮子兮，如此良人何？

——明明是兩句喜極而作珍重之詞；「婚姻不得其時」？

〈無衣〉篇中的

豈曰無衣七兮，

不如子之衣，安且吉兮。

——道德的注解家是再不肯，或不能，把這幾句詩看為珍惜情人饋遺之詞的。

我看見了這許多的私情詩，不覺為它們的兩種長處所驚，一是它們俏皮，二是它們真實。俏皮，所以眼光如炬的孔子教出使的人去學它們的口齒伶俐；真實，所以四千年後的讀者看見它們的時候，詩中的情形還是恍如目睹(雖然不必身歷)。

電子書購買　　爽讀 APP

國家圖書館出版品預行編目資料

中書集：墜落凡塵的高潔靈魂，為生命注入一股清新之力 / 朱湘 著 . -- 第一版 . -- 臺北市：崧燁文化事業有限公司 , 2023.09
面；　公分
POD 版
ISBN 978-626-357-545-5(平裝)
855　　112011684

中書集：墜落凡塵的高潔靈魂，為生命注入一股清新之力

臉書

作　　者：朱湘
發 行 人：黃振庭
出 版 者：崧燁文化事業有限公司
發 行 者：崧燁文化事業有限公司
E-mail：sonbookservice@gmail.com
粉 絲 頁：https://www.facebook.com/sonbookss/
網　　址：https://sonbook.net/
地　　址：台北市中正區重慶南路一段六十一號八樓 815 室
Rm. 815, 8F., No.61, Sec. 1, Chongqing S. Rd., Zhongzheng Dist., Taipei City 100, Taiwan
電　　話：(02) 2370-3310　　傳　　真：(02) 2388-1990
印　　刷：京峯數位服務有限公司
律師顧問：廣華律師事務所 張珮琦律師

定　　價：250 元
發行日期：2023 年 09 月第一版
◎本書以 POD 印製